父と娘のいろ〳〵雑ごのき

喜久雄
田子雅子

プロローグ

「お父さん似ね」と言われると、父の分厚い武骨な手とがっしりとした猫背を指摘されたようで、首をすくめたくなる。でも、山が好きで、木々のそよぎ、風の音に心を動かされ、花や虫までも好きなのも父親似と己を慰めもする。

そして今、父の遺したエッセイを整理していて、ああ、私が小学校の頃から作文が好きだったのも父に似たのかと気づいて、うれしく思っている。年老いた父がエッセイを書くきっかけを作ったのは偶然だが私だと思うと、あの時の父の「勘違い」も素晴らしかったと思っている。

一九九〇年代の初め頃、私は夫の三度目の転勤でアメリカ東部、コネチカット州に住んでいた。アメリカでの生活は二度目になる。再度のアメリカ生活を無駄にしないようにと、その地のコミュニティーカレッジに通い出した。そこでの勉強で、私は「日本の紹介」になるものを書く事になった。資料が必要だが、NYのように日本人が多く住む所と違い、その北に位置するコネチカットでは難しそうだ。手っ取り早い方法として、私は国際電話をかけ、「お父さん、何か、日本の資料を送って」と言って、電

五年後に卒業しました

話を切った。

二週間もしない内に送られてきた封筒の中には、父の端正な字で書かれた「私の見た二二六事件」という原稿用紙四枚が入っていた。図解入りの文章を読んで、私は絶句した。父が物を書くと初めて知り、それも遠い昔の出来事だと思っていた二二六事件を見たというのだから。

しかし、当時の私はそれを活用する事はできず、しかたなく原稿はそのままにしておいた。以来、父はせっせと昔の思い出を書いては私に送ってきた。あの時、私が「何かを送って」と頼まなかったら、「あの人は自分の来し方を何も語らずに一生を終えたのかなあ」、と今頃になって振り返っている。せっかくの記録を無駄にしないためにも、父の人生を辿りながら、紙上で親子の交流を楽しんでみたい。

もくじ

父の子供時代

二銭銅貨のぬくもり

私は子供の頃、関東大震災（一九二三年）の前ですが、東京市芝区の田村町（現在の港区西新橋）に住んでおりました。

学校から帰りますと、おやじの仕事の手伝いで、毎日、日本橋の桧物町（現在の丸善あたり）のお店に、出来上がった品物を届けに行くのが私の仕事でした。ふろしき包みを肩にかけて、下駄をはいて新橋、尾張町、京橋、日本橋と歩いて行きました。

それにはそれなりの楽しみがありました。先方の女将さんがお駄賃を下さるのです。大きな二銭玉です。お店の前に行き、そっと中をのぞきます。おかみさんがいる時には「今日は」とあいさつをすると、「ご苦労さまだったね」と、二銭銅貨を下さいます。たまに、おかみさんが店先に見えない時の悲しさ。あたりを一回りして来て、お店をのぞき、おかみさんの顔の見えた時のうれしさは、今でも忘れることができません。

そのお金を握って、市電の外堀線にそって数寄屋橋を通り、朝日新聞の社屋のあった横山町に出ます。当時の朝日の社屋はなまこ壁の作りだったように覚えています。その前に焼きイモ屋があったのです。値段は二銭で、大きなおイモが新聞紙で作った袋の中でホカホカとしていました。

ガチャン、ガチャンという印刷機の音と街灯の明るさと焼きイモのあたたかさ。お駄賃は働かなくてはいただけぬものと覚えました。

父を亡くし、十四歳の時に震災、それから出征、戦災、そして夢中で働いて今の年齢になりました。

先日、横山町の旧社屋の辺りを懐かしく歩きました。石川啄木の碑が昔の銀座を語っていました。焼きイモ屋のあったところは大きなビルになっていました。あの二銭銅貨のありがたさと重さを、もう一度味わってみたいと思います。

三井喜久雄　八一歳、無職

(平成元年に投稿した父の文章)

新聞の「お金に関する思い出」という題で原稿の募集が有った時に応募し、掲載されたものらしい。私がこれを読んだのは掲載された時よりもずっと後だったと思う。記憶は定かでないが、まずその道のりに驚いて聞いた。「新橋から丸善って、地下鉄で銀座を通って、日本橋まででしょう。子供が全部歩いたの？　しかも下駄で。大荷物を担いで」。あの時、父がどう答えたか、思いだせない。子供が働くのは当たり前だったのか？「学校から帰ると」と有るからまだ小学生の頃だ。そんなころから癇性な父親に仕事を叩きこまれ、遠くまで歩いて配達もしてきた。私の祖父にあたる人は、仕事を教える時に三尺差しで息子も妻も叩いたらしい。母をかばえない、自分も痛い。辛い事だったたと思う。叩かれながら仕事を身につけてきた父は、「自分の子供は絶対に叩かない」と子供心に誓ったそうだ。

父親に叩かれながらも母をかばい、仕事を身につけてきたという父を、なまいき盛りだった高校生の頃の私は冷ややかに「お父さん、まるで江戸庶民の末裔」と思っていた。その頃の父はもう、普通の会社員生活を送っている人で、私は父が且っては下絵師として働いていたなど、まったく知らないのだが。私が会社勤めを始め、いわゆるＯＬとして働き始めて数年後、「会社は私をそれなりに遇していない！」と家で息巻いた事が有った。その時、父は「仕事をさせていただき、お給料をいただけるのを感謝しなければ」とおだやかに言った。私は又も、「何だろう、この人は。まるで江戸庶民の末裔」と多少の怒りを持って、父を見た。

父は、自己主張、権利意識など、絶対に振りかざさない。考えた事も無いのでは、と呆れ、これは育った時代の違いだろうか、それとも、と頭をかしげた。父親似と言われるけれど、そういう処は父と私は似ていない、などと感じながら小さな切り抜きを読んだ。今も大切にとってある。

思いだす事が有る。私は小さい頃から素直でなく、「でも」と「だって」の口答えをしては祖母をイライラさせてきた。中学生になった頃にはその性向は磨きがかかり、屁理屈で反抗を重ねていた。

あの時はそれが、母に向かった。何に反抗していたかは思い出せない。腹に据えかねたのだろう。母の手が私の頭に伸びた。生まれて初めての経験だ。あ、お母さんが私を叩いた、と茫然とする間もなく、「子供を叩くな！」。思いもかけぬ父の大音響が鳴り響いて、母も私も唖然とした。

「子供は絶対に叩かないと思って育ててきたのに、なんでお前が」。声を震わせる父に、私は「お母さんは悪くない」と言いたかったが、父の剣幕に押された。母は、理不尽な、といった顔で下を向いていた。

今頃になって、自分の父親に叩かれて仕事を仕込まれた父の痛みを思う。今はＤＶ（家庭内暴力）と呼ばれているが、どんな理由であれ、力での教育などあり得ないと父の経験を通して思う。

健脚だった父は晩年になっても、ゆっくり、ゆっくりではあったが、よく歩いていた。街中を一緒に歩いた事は無いが、法事で電車に乗った時など、座る様に促しても常に立っていて、外を見ては、昔からある建物などを私に教えてくれた。父の目はカメラのレンズのように、視た物をそのまま記憶しているようだった。

子供の頃から下絵師としての修行を積んだのに、戦後はその道を閉ざされた。ある面では失意の人生を送ったのかもしれないが、私が子供の頃、家族の目に映る父の姿はそのような気配はみじんにも見せぬ、穏やかな人だった。

晩年になって、堰を切ったようにエッセイや自伝を私に送ってきた。それは下絵を描いていた頃の記憶がよみがえり、誰かに知って欲しいという気持ちになったのではないかと思う。

父は下絵師として、いったい何を描いてきたのだろう？

新橋近くに住んでいたが戦争で何もかも無くし、杉並に移り住んだという我が家には、父の仕事の痕跡を示すものは何も無かった。だが、幼い頃の私の思い出に、父に連れられて行った明治神宮の初詣がある。大変な人出の中を、手を引かれながらようやく一番前まで辿りついて菊のご紋章のついた大きな幔幕を仰ぎ見た時、父が言った言葉をよく覚えている。

「大きな菊のご紋章は丸く見えるだろう？　でもあれはまん丸ではないのだよ。下から見てまん丸に見えるように、上の方が微妙に大きくなっている。お父さんも頼まれて、ああいう幔幕を作った事が有るよ」。その形は計算で作るものではなく、父の経験と勘を元に描いたものだろう。それがどこの神社だったのかは思い出せない。今頃になって、父のしてきた事を思うと、「作った」ではなく、「創った」と言ってあげないといけないかと、思っている。

下絵師の仕事を知る上で重要なのが『江戸三火消し図鑑』で、江戸時代の火消し（町火消し、定火消し、大名火消し）が愛用してきた火事装束や纏（まとい）がもれなく収録されている。まとめたのは浮島彦太郎氏という明治時代の染め物下絵師だ。「図鑑」は東京消防庁の秘蔵資料だとか。この本の出版を記念して、昭和六十三年（一九八八年）に千葉県佐倉市の「消防記念会」で出版記念が行われた。著者は故人となられていたが、浮島さんのご長女はご存命だとわかり、記念会が行われ、木遣が奉納されたそうだ。その会に私の父も招かれていた。その日、私は偶然、実家に行っていて、父が浮き浮きとしながら出かけて行ったのを覚えている。

その時の新聞の切り抜きのコピーがある。残念ながら新聞社名は判らないが、たぶん実家がとっていた朝日新聞だろう。その中に「遺族のほか、一番弟子だった杉並区在住の三井喜久雄さん（八十）や、東京消防庁図書館の……」とある。三井喜久雄とは、我が父の事だ。記事によると、浮島さんは図版の変色を避けようと手すきの和紙に中国から取り寄せた墨や朱を使って描かれていたそうだ。

それを見た父は何を思っただろう、と今頃、父の胸の内を思う。私は高校生の頃、戦後は和服を着る人もいなくて廃業したのだろうと推察していたが、後に叔母（父の従妹）が「戦争で版絵が全て燃えたから再開は無理だったと思う」という言葉を聞いて納得した。

最近、父の妹が詳細に書き残してくれた手紙が見つかり、経緯が判ったので記しておく。祖父は腕も良く、お得意を増やしていった。日本橋三越や白木屋の仕事が多分に入り、寝る間も無く、休む間もなく仕事をし、家の中にはちりめんと木綿の山ができていた。やがて過労が祟ったか、身体を悪くして三十七歳で死去。我が父が一五歳の時だったそうだ。思いがけない出来事だったが、お得意さんたちから仕事を続けるように勧められ、何とも急な事だが、それから絵の先生や字の先生に教えを受けにいって、それまで手伝っていた母親と力を合わせ、仕事を続けて行った。ようやく慣れた頃に関東大震災で丸焼けになる。昭和七、八年ごろに区画整理で新橋四丁目に移り、空襲で焼けるまでそこに居住していたそうだ。父が徴兵中の頃か、仕事の道具や版画を守る機会もなく、全て無くなったのだろう。戦争で全てを失った父は、資料を全て保全してきた浮島さんとは対照的な人生を送ることになった。それでも生きていくために、戦後はささやかな会社員生活に切り替えた。

子供の頃、吉祥寺だったたか、その浮島さんの家に連れていかれたらしい断片的な記憶がある。私は浮島さんはもちろん、下絵師の事など何も知らなかった。ただ、知らない家に連れていかれ、大人たちが一階で話をしている間、私は二階の窓辺に座っていたのを覚えている。周囲の人の記憶は無くて、木々に埋もれた二階屋というのが印象的だった。高円寺の実家は、空襲で焼け跡になった土地に戦後の移住者が建てた家がほとんどだっただけに、珍しく映ったのだろう。

それと、帰りの道で草が生い茂って水があまり見えない深い川に沿って歩いたのを覚えている。「玉川上水」との出会いであり、私の手をつないでいたのは母だったと思うが、もう一人は？　祖母だったのか父だったのか、思いだせない。ともかく母が川を覗いて、「ここが、太宰治が身投げした所ね」と言ったのは今でも鮮明に記憶している。太宰が自殺したのは昭和二十三年（一九四八年）だから、母が言った時、私は四、五歳くらいの可能性がある。浮島さんとその後、親交があったのか、子供だった私は知る由もない。

父の半生記

いろいろ雑がき

喜久雄

今日、平成五年五月二十八日は　私の八十五才の誕生日である　明治四十一年（一九〇八年）に生まれて　無事に今日を迎えられたことを有難く思う。明治、大正、昭和、平成と、いろいろの事を私なりに見てきたことをこれから雑書きとして書きたいと思う。

私の生まれた所は東京市芝区南佐久間町二丁目18番地。今日この町名はない。芝区は港区に変わっていて、新橋と虎の門との中ほどである。

父秀四郎、母はるの長男として生まれた。弟と妹が三人いたが早く亡くなって、現在は妹の千代が健在である。

昔のことでよく覚えていないが、松方侯爵の塀の外の、庭の広い二軒長屋の一軒に住まっていた。隣に平井のお松ちゃんといふ年上の女の子がいて、私のたった一人の友だちだった。その子の父親は歌舞伎座の狂言作者で、偉い人だという事だった。

近所に水谷さんと呼ぶ綺麗なおばさんがいて、偉い役人のお妾さんとか。私とお松ちゃんを可愛がってくれた。ある日、その家の庭に置かれた唐椅子を、お松ちゃんと私が遊んでいる内に割ってしまった。それは清国の袁世凱と言う人から贈られた高価な品物だったとか。母親が詫びに行き、えらく怒られた。

袁世凱は日清戦争のあと、伊藤博文と馬関条約の交渉に当たった支那（今の中国）の全権である。

近くに森律子と村田喜久子の二人の帝国劇場の女優がいた。夕方になると人力車で芝居へ出かけてゆく二人の姿を見てきれいだなあと思った。まだ自動車のない時代である。

夕暮れになると印半天を来た人が竹の先に硫黄を燃やした竿を持って、瓦斯の街灯を点灯していた。ポッと青白い光が美しかった。その灯に誘われて、沢山の蝙蝠がどこからともなく集まってきた。

便利な電気が一般の家庭に引かれるようになる前は、瓦斯燈と石油ランプが夜の明りだった。私の家にも電気がついた時、その明るさに驚いた。といってもカーボンの電球で、今の蛍光灯の明るさとはまるで違ふ。後にタングステンの電球に変わって更に明るくなった。今、電気はいつでも使えるものになったけれど、私の子供の頃は、夏場は夜六時、冬の陽の短い時でも五時にならないと送電されず、自由には使えなかった。電気が点くから帰ろうよと、子供たちは帰っていった。

電球が切れると、切れた球を持って東京電灯（一九二八年、東京電力と合併し解散した。本社、芝区田村町）の事業所に五銭くらいだったと思うけれど、持っていって取り替えてもらった。その事業所は桜田本郷町で、今の日本石油の本社の近くだった。

ある日の朝。良い天気なのに白い粉がたくさんに降ってきた。木の葉や洗濯物が白くなる程である。それは九州の桜島が噴火した灰だと後から教えられたことを覚えている。

桜島の噴火は大正三年（一九一四年）の桜島大噴火と思える。父、六歳の時だ。この時の噴火で、島だった桜島は溶岩流出で大隈半島と地続きになったそうだ。

桜島が噴火した灰が東京まで降ってきたという「事実」を読むと、富士山が噴火したらどうなるのだろうと、近未来を髣髴とさせて、ドキッとする。

南佐久間町から田村町へ移転したのは、いつの頃かよくわからない。田村町から小学校へ通うようになったから、六歳くらいではないかと思ふ。佐久間町はよく言うお屋敷町だが、僅かしか離れていない田村町は職人の多い下町だった。住んでいる人達もまるで違っていた。

そしてたちまち男友達が出来た。八百屋の一ちゃん、パン屋の茂ちゃん、下駄屋の市ちゃん、鰻屋の源ちゃん、炭屋の新ちゃんと、今迄隣の女の子のお松ちゃんだけだった私に一度に男の友達が出来て遊ぶ内容も変わった。軍艦ゴッコ、探偵ゴッコ、戦争ゴッコで毎日傷だらけになっていた。その男友達も大正十二年の地震でほとんどいなくなった。

小学校に入る前、愛宕山の幼稚園に通った。キリスト教系の幼稚園で、ケイモウ幼稚園と言った。ここで覚えた歌がある。

雨に濡れた坂道を　山のような
荷車が　エッサカホイと
登りゆく　まてよおじさん
僕がいま　エンサカホイと
押してやる。

不思議と今もこの歌のメロデイを忘れることがない。

「忘れる事がないメロディー」について、私たち子供は聞いた事はない。父は孫娘に昔の歌を色々聞かせていたが、その中にもなかった。聞いてみたかったなあ、としみじみ思う。それと共に、父の思い出は、そのまま日本の近代化の歴史、その中での庶民の生活の一部を克明に描いているようで、惹きつけられる。

石油ランプの事はよく祖母から聞かされた。祖母がまだ幼い頃、家じゅうのランプを毎日きれいに磨いて褒められていたとか。女の子であるがゆえに、自分の能力を見

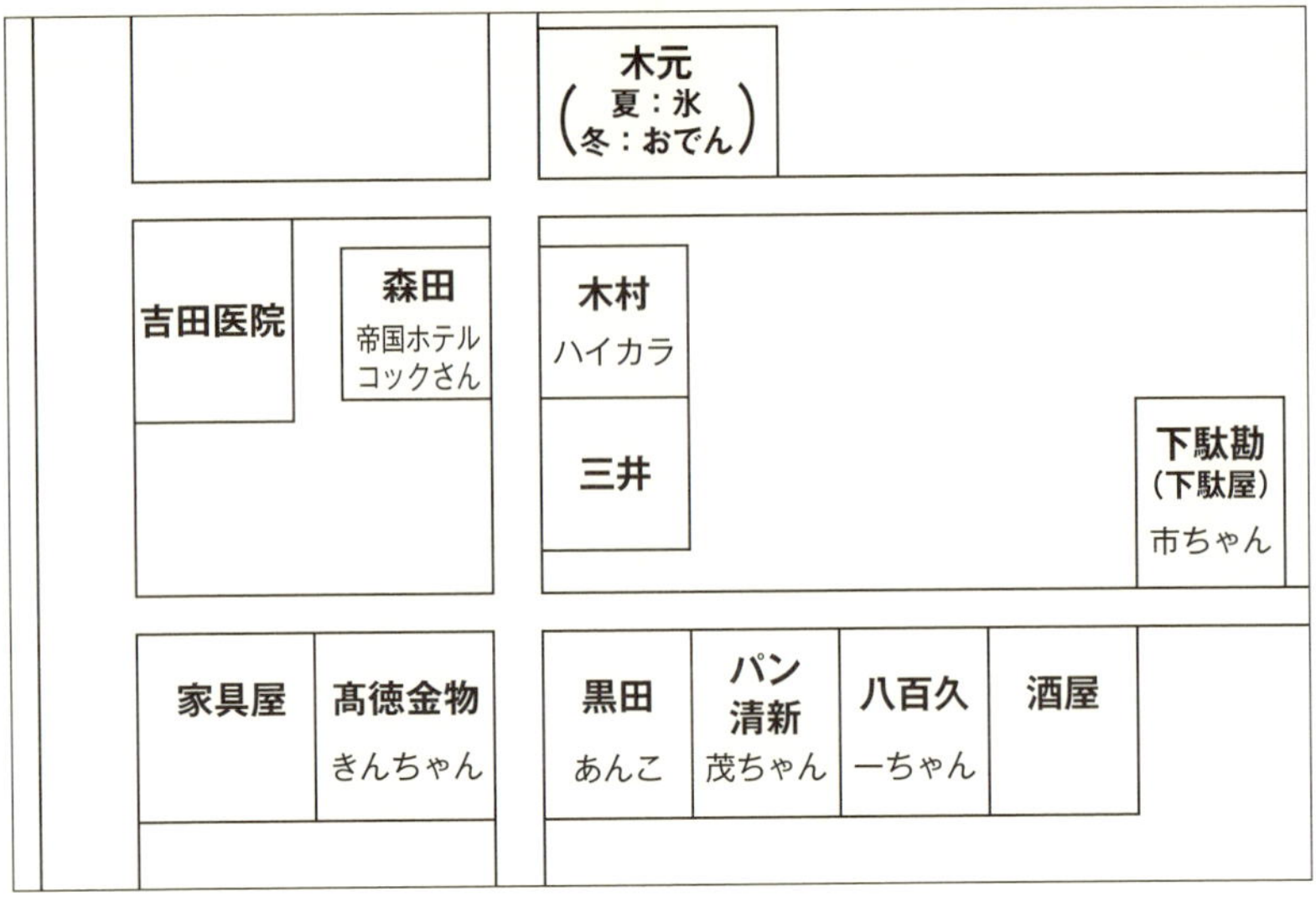

叔母（父の妹）の記憶をもとにその娘（私のいとこ）が図にした

せる手段は少なかった時代だ。祖母は賢く、父は又、その祖母から賢く冷徹な思考力を受け継いでいたように思える。

都心に生まれ、「三菱が原」で遊んでいたと聞いた事があるが、江戸の面影も残った街を見てきた。父のたった一人の子供の頃の友だちや、身近にいた女優さんの事を読むと、よくまあ、克明に覚えていると感心する。

南佐久間町から田村町へ越した家は赤レンガ通りの、高徳といふ金物屋がある横丁にあった（現在の新橋駅近くと思われる）。隣に木村さんといふハイカラなご夫婦がいた。マニラから帰国し、芝公園にあるアンドリューズ・カンパニー日本支社のマネージャーとして働いている人だった。そしてよく私にミルク紅茶とトーストを御馳走してくれた。紅茶は美味しかったがバターをつけたパンは食べられなかった。

前の家の森田さんは帝国ホテルのコックさんで、時々コールドビーフやサラダを届けてくれた。味噌汁や漬物に慣れた私は、異人の食べ物は何としても食べられなかった。

大正三年頃、世界戦争で日本も景気がよかったといふ。成金といふ言葉の出来た時代で、父の仕事も忙しかった。父の仕事は下繪師といふ。印伴天、のれん、その他の染め物の図案をつくる仕事で、盆や正月の前は家の中に山の様に三河木綿が積まれ、父も母も、かかり切りで仕事に追われていた。それで私もいろいろ手伝いをした。ご飯を炊くこと、魚屋へ買い物にいくこと、酒屋へ行く事など。とりわけ酒屋へ罎を持ってゆくのを友達に見られるのは恥ずかしかった。

赤レンガ通りに芋屋があった。「九里より美味い焼いも」の看板が上がっていて、九里の意味が判らず、後で九里は栗のことと教えられた。焼き芋には切り焼きと丸焼きがあった。その焼き芋を二銭くらい買うと新聞紙の袋の中に沢山あって、妹を乗せた乳母車に入れて日比谷公園までお守りに連れて行った。

父の母、私の祖母もかかりきりで仕事に追われていたという。祖母は自分の夫となる人に会ったのは、祝言の前の日だった、と孫の私に話した事がある。それまで下絵師の仕事など知らなかったのでは、と思われる。結婚したその時から下絵師の仕事を手伝い、子供を産み、育て、何人かの子供を疫痢で亡くした。壮絶だったことだろう、と今頃思う。そこで私の父は長男として手伝いをしていた……、実際に、父は家事を何でもこなせる、日本男児としては珍しい人だった。

大正三年四月に鞆絵《ともえ》小学校に入学した。田村町から巴町の鞆絵小学校までは愛宕山の下を通り、男の子の足で十五分くらいかかった。木造の二階建てで、武家門のある立派な校舎である。近所に南桜、桜田、桜川、西桜と沢山の学校があったのに、なぜ遠い鞆絵へ入学したのか判らない。

祖父、祖母、そのどちらが越境入学を選んだのか、今は知る由もない。叔母の話では、鞆絵小学校はいわゆる名門校だったとか。祖母は裁縫の名人だったと聞いている。賢く、美しい日本語を話す人だったが、女に学問はいらないと言われた時代の人で、かろうじてカタカナを書くだけだった。今にして思うのだが、字が読めず、文章が書けないのに、なぜよどみなく、美しい言葉を話せたのだろうか？

父が男友達と登り、遊んだ愛宕山、この名は祖母や父から聞かされていたのか、記憶にあった。私が四十歳の頃、何かの用で都心を歩いていたら「愛宕山」という道路標識を見つけた。あの「愛宕山」と思いだし、思い切って登ってみた。真夏の事で、思いのほか急な坂に汗をかきかき、やっとの思いで登り切った。ハイヒール姿だったから、けっこう大変な思いをした。緑の濃い場所で、子供の頃の父の姿をどこかで見つけられないか、とおかしな気持ちに襲われた。今頃になって調べたら、愛宕山は東京二十三区内の最高峰の自然の山で、標高二十五・六九メートルだとか。

鞆絵小学校は明治の初めに小学校令がしかれて日本で最初に生まれた小学校である。校長は片岡喜又先生、受持ちは野宮彦太郎先生、小使いさんは貝塚さん。小使いさんは恐い人だった。下駄箱に履物をだらしなく入れたり、草履をだらしな

く脱いで置いても、頭の上に雷が落ちた。

全校で千人位の生徒がいた。男組と女組に分かれていて、男の子は紺がすりの着物で小倉の袴、女の子は紫か海老茶色の袴に駒下駄だった。幾人かの生徒が詰襟の服をきていたがハイカラ、ハイカラ、とからかわれていた。

給食のない時分で、各自母親の手作りの弁当をアルミの弁当箱に山の様に詰めて持って行った。でも中には昼の弁当を持たずに寂しそうにしていた子供もいた。その時は先生が隠すように何かを渡していたのを見たことがある。


父も母親、私の祖母の手作りのお弁当を持参したのか、と意外な感をもった。我が家は母が戦後の生活を助ける為に早くから働きだし、当時は珍しかった共働きの家だったので、家事は祖母の担当だった。しかし祖母自身、家業をずっと手伝ってきた人だから料理のレパートリーが少ないと、私は批判的に見ていた生意気な孫だった。だが、中は梅干しか、おかかだけの祖母のおにぎりは美味しくて、薄めの形の良さは日本一小粋で美しかったと今でも思う。それに時間をかけて作る祖母の「煮豆」以上の煮豆は無いと今でも思っている。父を想う時、その後ろにいつも祖母の姿があるのを感じる。

はな、はと、まめ、ことり、と最初の教科書は始まっている。灰色の表紙に「国定教科書、巻の一　文部省」と印刷されていた。理科、書き方、歴史、算術、唱歌など、二年、三年になると数が多くなった。

筆記道具は鉛筆が二本、消しゴム、七色鉛筆　その位だった。ソロバンも教えてくれた。二一天作の五、二進が一進。これはソロバンの九々である　ソロバンは出来ないで大嫌いだった

四年生になると中学校へ行く者と小学校だけで終える組が自然に分かれてくる。私は中学へ行きたいと思ったけれど、職人には学問はいらない、腕に早く職を付けろと　言われた。

私は越中島の商船学校か江田島の海軍兵学校へ行きたいと思っていた。

叔母（父の妹）から聞いた話では、父は小学校時代は成績もよく、級長をしていたのか、朝礼など全校生徒が集合するときは、いつも台の上で号令をかけていたそうだ。

卒業をする時は成績優秀という事で、時の東京市の市長、後藤新平さんより、特別の筆箱と賞状を頂いたのを叔母は覚えているとの事だ。調べたら、後藤新平は東京市の市長に就任した時、自身の給与の大幅値上げを主張し、それが通るとその全額に税金分も含めた金額も足して、今でいう福祉の為に使ったとか。父もその恩恵にあずかったのでは、と思う。その思い出を読んで、成績が良かったというのも「さもありなん」と思った。なんと物覚えが良い事だ。私の小学校時代など、記憶はほとんど茫洋としている。それに比べると父の記憶は「映像」となって、読む者に「失われた世界」を次々に再現してくれる。

生まれてこの方、都心に住んでいたから、日本が文明開化した以降の歴史を見せてくれる。近所に帝国ホテルのコックさんなどが住んでいて、純日本人的嗜好の父もミルクやスープに直面する。カルチャーショック、推して知るべしだ。

家業の手伝いに忙しくても、自由な時間は有ったようで、実に色々な場所を知っている。私にとっては未知の東京探訪記を目の前に繰り広げてくれる。それだけ好奇心にあふれていたという事か。

子供の頃からの友達は後に大学まで行っている。成績が良かったのに小学校で学業を終えなければならなかった父。どんなに勉強を続けたかったことだろうとしみじみと思う。叔母によると、青年時代、小学校時代の友人たちと同人誌を出して小説などにも挑戦していたとか。老年まで向学心が強く、娘の私に英語の綴りまで確かめていたのを思い出す。

大正時代は東京中に市内電車が走っていた。電車唱歌にもある様に「玉の宮居は丸の内　近く日比谷に集まれる電車の道は十文字　まず靖国へ詣らんか」と誰もこの歌を知っていた。

市内電車は全線七銭で、例えば品川から千住へも途中、取り替え切符をもらうと行くことができた。その上、朝の七時までは割引で五銭で乗れた。早起きは三文の徳と言うが、二銭も安くなるので皆、早起きして利用した。

その時分の東京は十五区で、市外に出る私鉄は郊外電車といった。品川から横浜まで京浜電車、渋谷から二子玉川までが玉川電鉄、池袋から川越までが西部鉄道、大塚から飛鳥山までが王子電車、そのほかに電車線がたくさんあったけれど、市外からも市内からもバスや地下鉄が通る様になって姿を消していった。

子供の頃は電車の運転手に、皆、あこがれていた。車体も単車で、運転台には窓（窓ガラスか？）もなく、運転手は雨の日には河童を着ていた。パンタグラフではなく、ポールで集電し走っていた。東京は暗かったので、スパークすると稲光の様に光って美しかった。自動車のほとんど無い時代で、早いなあと見入ったものである。

父の電車、汽車好きはこの頃から培われたのか、とほほえましい。晩年になっても「青春とくとく切符」の愛好者で、一人旅を楽しんでいた。時刻表がいつでも家に有って、時間が有ると乗り継ぎ旅の予定を書いては楽しんでいた。一度そんな父に興味を持った私の夫の発案で、父任せの計画で姪一人を連れて四人連れ立ち、信州の旅に出た。

それぞれが青春とくとく切符を持って、だ。父の計画は鈍行列車の乗り継ぎ、乗り継ぎで、どこにも立ち寄らない。どこの駅だったか、ひなびたホームで次の列車を待ちながら、「あそこを通った、ここを通った」と誇らし気だったが、仕事で早くて便利な旅に慣れている夫は暑さでげんなりし、名所ひとつ見られない私も呆れた。買い物一つできない姪からも文句が出て、改札から出たのはたった一度。それが小諸で、駅前の店をのぞいて姪に買い物のチャンスを作り、その後、懐古園を見て、後は一泊だけの旅だった。

米騒動（一九一八年）というものがあった。第一次世界大戦のあと、お米が、或る人の買い占めで異常な高値となった。富山地方の漁師のおかみさん達が米屋を襲ったのが口火となり、日本中の米屋が襲われる事件に発展した。私の近くの泉屋という米屋も夕方の明るい内から大戸を下していた。後に買占めをしたのは安田善次郎で、時の内閣は原敬内閣だったと教えてもらった。

東京には川が沢山にあった。河ではなく川である。徳川家康が江戸築城の時に作った運河が多かった。いずれも水利の便につかわれていた。神田川、築地川、豊玉川、目黒川……。それぞれの川が舟運の便に役立って、川岸には独特の名がついていた。青物を扱う処を大根川岸、材木を扱う場所を材木川岸、魚類を商う魚河岸、代表格は日本橋の魚河岸だと思う。その他に三角州が沢山にあった。石川島、佃島、月島など、すべてその名が今に生きている。

夕暮れ、新銭座に夕河岸がたつ（今の田町駅近く）。母親にめざるを持たされて、十銭玉を握って雑魚を買いにゆく。取り立てのシャコ、せいご、はぜ、カニ等、ピチピチしたのをめざる一杯に買ってくる。おやじの酒の肴になり、私達のおかずになった。


私の世代にとって魚河岸は築地にあるものだったが、一九三五年に築地に移転するまで、日本橋の魚河岸が江戸時代から三百年にわたって江戸っ子の胃を満たしてきたらしい。江戸から続いた魚河岸を見てきたのかと思うと羨ましい。私は「東京を歩く」グループに交じって日本橋魚河岸跡地に行った事がある。狭い場所に案内板が立っていただけだったが、ネットで調べたら江戸時代の魚河岸の浮世絵と、十九世紀になって建てられたレンガ造りか、立派な二階建てのビルが立ち並ぶ魚河岸の姿があった。壮大な広さが有ったようだ。

現代の材木河岸は私もちらっと見ている。輸入材か国産かは判らないが、広い水域に沢山の材木が浮かんでいた。木ってこうやって保存するのかと驚いた記憶がある。海に近い場所だったような気もする。

材木河岸でふと思い出したことがある。私は飛騨で、木を伐り出す人たちの飯場に二晩泊った事がある。登山に夢中になっていた二十代も前半の頃で、単独行と気張って出かけたが初日から雨にたたられた。バスを降りた時に地元のおばさんたちが教えてくれた飯場を山中になんとか見つけ、泊めてもらった。まかないのおばさんが一人いて、その手伝いをしながら、夜は囲炉裏を囲んで樵《きこり》のおじさんたちと二晩過ごした。当時存命だった父が聞いたら、どんなに羨んだとかと思うが残念ながら、若くて意気がっていた私はそんな話をすることも無かった。

東京の川が汚染される前の姿を知っているのは羨ましい。おそらく江戸時代から続いてきた世界だ。近代化の中で、どんどん変化していった川を、どんな思いで見ていたのだろう。私の記憶の中の川といえば、昭和三十八年に会社勤めを始めた折、通勤途中で中央線の電車から見るお茶の水駅から水道橋にかけての堀で、ブツブツとメタンガスが湧いていた。

東京オリンピックの前には飯田橋の少し新宿寄りのお堀にコンクリートの高速道路

の太い杭が打ち込まれたが、長い間、先の工程に進めず、宙に浮いた感じになって、川の水は止まったように見えた。子供の頃の風景が壊されていくのも、つぶさに見てきた筈だ。今、川の汚染は当時よりはかなり改善されたのだけが救いだ。

父が子供の頃に食べたというシャコなどは、誰にとっても当たり前の食べ物だったようだ。母の実家は大森。海に近いからシャコ、エビなどはごく当たり前に食べていたとか。

次世代の私たち姉妹と弟は、戦後の高円寺で育った。「海の幸」とはたまに千葉から来る行商のおばさんが持ってくるアジの干物やアサリだった。

震災前までは昔の江戸が方々に残っていた　町のあちこちに有った共同井戸、共同便所など、誰でも大事にきれいに使っていた。

金春湯とか弁天湯とか亀の湯とか、町の中の至る所に風呂屋があった。風呂にゆくとは言わず、「ゆへ行く」と言った。「ざくろ口」といふ湯船の上に芝居の作り物のような飾りがあった。流し場もタイル張りでなく、木の流しだった。上る時、流し場と呼ぶ所で特別な上がり湯をあびて帰ってきた。

共同の井戸や便所の形を、私は江戸東京博物館で見た。皆、ミニチュアのように「こじんまり」していたが、どこにも住んでいる人たちの手が行き届いているようだった。思いだす祖母の姿は、いつも手が空いていたらせっせと拭き掃除、磨き掃除をしていた。

その頃の祖母の口癖、「たまかに、たまかに」は「無駄なく」という意味らしいと子供の頃から思っていたが、広辞苑によると、「まめに、実直に」という意味で、少しニュアンスが違うなあ、と感じる。いずれにしても、いつも立ち働く祖母と、本に没頭していたい私との共存は難しくて、私はいつも口答えで反抗していた。

その祖母に、常に親孝行として優しく接していたのは父だった。その姿にも私は反発していた。三世代、もっと理解をし合えば良かったと思う頃には父も祖母も、もういない。

戦後の杉並区高円寺にも、風呂屋は幾つもあった。我が家の近くは弁天湯。しかし子供で、「湯に行く」と威勢よく切り出す江戸っ子気質とも無縁だった。親について行ったのか、姉妹で連れ立って行ったのか。弁天湯へ続く暗い夜道や、入れそうにない熱いお湯、やたらに高い天井と湯気のため、人の声が盛んに反響していたのを記憶している。

母の実家が風呂桶屋で、我が家は近所で一番初めに「ぴかぴかの風呂桶」が手に入った家だから、風呂屋通いは早々に終了した。

職種は違っても、且つて職人だった父は義兄の腕の良さに、「この曲線は素晴らしい」と言いながら、ヒノキの風呂桶を磨いていた。

ラジオのない時分、寄席が方々にあった。田村町の八方亭と呼ぶ寄席は大きくなかったけれど、友達の佐野君の父親が席主だった。今もある田村町郵便局の前にあった。夕方になると太鼓の音が賑やかに聞こえてきて、私はよく裏口から佐野君に導かれて見せてもらった。父親は八方亭に来る芸人は三流だと言っていた。恵智十、金車、白梅、これらは有名な席だそうだが、どこにあるか判らなかった。

活動写眞館も大正の初めには方々に出来てきた。写眞はニュース映画の事で、第二福宝館で見た。タイタニック号の沈没とか第一次世界戦争なぞ、今まで知らなかった動く寫真に釘付けにされてしまった。その後、活動写真は映画となり、ムービーと言われるようになり、サイレントからトーキーに変わり、さらに白黒からカラーに変化したけれど、今でもこの上もなく好きである。

父の映画好きはずっと続いていた。叔母（父の妹）が書き残しておいて呉れた手紙で最近になって初めて知ったのだが、山に登るようになり、その友達が集まって、映画会を開こうという事になりサンシャイン旅行会の主催としてお金の工面をし、青山の青年会館を借りた。山の映画二つとそのほかに漫談の大辻四郎さんを頼んだという事だ。当日は賑々しく、大成功だったそうだ。「山と渓谷社」の社長になった川崎吉蔵氏や、両国の小間物問屋の若旦那になった友人たちとの、「青春の一ページ」だったとの事だ。

父はそんな昔話はただの一度もせず、老いてもビデオを借りてきてはせっせと見ていただけだった。母は仕事もしていたし、友達と出かけたりする事もあって不在の事が多かったのか、一人で真剣に見ていた。新潟に住む母の妹まり子おばさんが上京してくると、歓待の意を表してビデオを借りて来る。それが古いフランス映画が主で、「三井さん（父の事）の好意は有難いのだけど、全然わからない」と述懐していたのが懐かしい。

震災前の銀座は今は尾張町と言わないけれど、四丁目を中心に賑わっていた。和光のある所は服部時計といって、ウィンドゥに金のウォルサムが光り、店の中で時計修理をしている和服姿の店員がいた。

三越のある所は山崎洋服店、三愛の場所は何だったか覚えていない。角のビール会社（ライオンビアホールか）は昔と同じである。新橋から京橋までをレンガ通りと呼んでいた。雨の上がった歩道のレンガの赤と、柳の緑が本当に美しかった。そしてハイカラな店が軒をつらねていた。今もある千疋屋、寿美屋、資生堂、明治屋、パンの木村屋、レコードの十字屋など。三越も松屋も松坂屋も、その時分の銀座には無かった。

祖母がしみじみと言った言葉を覚えている。「孫のあなたをおんぶして銀座で子守をしていたのに……」。高校生になり、卒業後にはOLとして働き始めても登山に夢中で、銀座ともおしゃれとも無縁の私を嘆いたらしい。祖母、父、私。三世代の記憶の断絶を申し訳なく思う。

今の新橋駅は烏森駅と言われた。元の新橋駅は現在の貨物駅汐留駅であるが、これも無くなった。浜松町から高架線ができて（浜松町駅から新橋駅が明治四十二年に高架化され、順次東京駅まで高架化が進んだ）大正三年に東京駅が開業し、市街高架線が東海道線となった。それと同時に烏森駅は新橋駅と改名された。今でも新橋駅の架道橋は烏森架道橋と書かれている。

「汽笛一声、新橋を早や我が汽車は離れたり、愛宕の山を右に見て……」と子供の頃に歌っていたが、その先は思いだせない。旧新橋駅が再建された時、私は一人で見に行った。祖母が「初めて開通した時にお父さんを連れて行った」と言っていた記憶があるので、私は何となく、何も無い海辺の近くの広い場所に線路が敷かれて、そこから汽車が出て言ったのだろうと想像していた。ところが白い石造りの重厚な復元駅舎が建っていて驚いた。調べたら、廃藩置県が実施された頃に建てられたとか。明治維新の後の変革の素早さに驚いた。だが、それでは私が記憶していた祖母の「初めて開通した時、お父さん（私の父）を連れて見に行った」とは時代が合わない。

「鉄道博物館」所蔵の開業三〇年後に当たる一九〇一年の新橋駅の光景は、重厚ながら賑わいを見せる駅舎の光景だ。女性は概ね華麗な和服姿だが、男性はジェントルマン風も沢山いて、鹿鳴館にも似た社交の場とも思える。父は幼い頃にこれに似た光景を見たのではないかと思うと、感慨がわく。祖母が「お父さんを連れて見に行った」のはこの頃と思うのが妥当だろう。復元駅舎の横に、「日本鉄道発祥の地」の起点ポストが有るのが印象的だった。

又、湿地に近い地盤の強化に竹が使われたのが見られるようになっていたのに目を見張った。西洋の建築技術を習得しただけでなく、元から自分たちがもっていた技術があって、明治維新は順調に進められたのか、と秘かに納得した。

残念ながら、父はこの起点ポストや復元駅舎を見る事は叶わなかった。

大正三年に新橋駅の旅客業務は廃止され、東京駅に移行。新橋駅は汐留駅に名を変えて貨物専用になった。


東京の街にはいろいろの物売りが来た。朝早くは納豆に豆、豆腐、昼前になると、魚屋など。「人々の時計になれや小商人」と川柳にあるように、「もう八百屋が来たから何時だよ」と言ったほどである。

火事も大火が多かった。父親が刺し子半纏と鳶口を持っていたのを覚えている。吉原の大火、神田の大火、衆議院の火事、歌舞伎座の火事、赤坂にあった演技座の火事。一時に百軒も二百軒も焼ける様な大きな火事騒動がたくさん有った。私の家の近くの愛宕消防署には立派な消防ポンプがあった。二頭の馬がひくのだが、近所の火事では蒸気が上がらず放水できないので、竜呑水式の手押しポンプと町の仕事師の出番になっていた。風の強い夜は、半鐘の音が怖かった。すりばん（近火を知らせるために半鐘を続けざまに鳴らす事）が鳴った時など胸がドキドキした。そして火の手が上がった方を身体の冷えるも知らず見つめていた。

江戸東京博物館には火消しが持っていた纏《まとい》が吊り下げられていた。試しに持とうとしたが、大きくて重くて、これを先頭に火消しに行ったとは信じ難い重量だった。刺し子半纏と鳶口、父の見た物もあそこに有ったか？　これはいつか確かめに行かなければ。現代の消防車に慣れた私たちだが、ほんの一昔前、水で消すのは至難の業で、家を壊して延焼を防ぐのが当たり前だったと思い至った。
父がこれを書いておいてくれてよかった、としみじみと思う。忘れがたい光景を語っても、人は真摯に耳を傾けるのは難しい。きっと家族そろって、「あ、お父さんが又、昔話をしている」の通り一遍の聞き方しかできなかったろう。
それにしても、父は昔話をしない人だった。それとも誰も耳を傾けなかっただけだろうか？　祖母、母、娘三人。我ら女どもが楽しくおしゃべりの賑やかな家で、父はニコニコと聞く方だったと思う。一度、「犬から猫から金魚まで、すべて女だ」と楽しそうに嘆いていたのを覚えている。父と弟の居場所は有ったのか？

御縁日は泉鏡花の名作に「日本橋に春で朧で御縁日」とある様に、方々にあった。五日は烏森神社、十日は金毘羅様、十五日は愛宕の不動様といったぐあいに、五日目くらいに近所にご縁日がたった。どのご縁日も特長があって金毘羅様の植木市は有名であった。わずかなお金を握って、塩えんどう豆や薄荷飴などを口に、八時九時までも歩いた。アセチレンランプの青い灯をめがけて蛾が飛び廻っていた。

縁日の話は大正生まれの母もしていた。母の育った町、大森の縁日もにぎわったらしい。それぞれの縁日の思い出を胸に秘めていたのだろうか。私の思い出は、年に一度の、育った町、杉並区高円寺の馬橋神社の夏祭りだけだ。

芝から赤坂にかけて坂が沢山にあった。

坂の上から品川の海が見えた潮見坂の様に、坂から海が見えたのである。富士の見えた富士見坂、夕日の美しい茜坂、アメリカ大使館のある霊南坂など。今は建物が高くなって、その坂もすっかり低くなってしまった。霊南坂には大倉集古館があり、霊南坂教会があった。美しい坂も、今は味わいが無くなってしまった。

皇居北の丸公園の中にも「潮見坂」がある。急な坂で、上がり切った時、今はビル群に遮られているが、「ああ、東京から海が見えたのだ、と実感した。父も北の丸公園に行って、あの場所から海の方を見る機会が有ったろうか？　確かめる術もない。

小学校の頃から活動写真に夢中になり、五銭十銭ともらってはよく見歩いたものだ。尾上松之助、沢村四郎五郎の時代ものより、ブルーバード映画のメアリー・ピックフォードやダグラス・フェアバンクスの映画が好きだった。次第にイタリア映画やフランス物の方がアメリカ映画より上だと思ふようになった。銀座金春館、赤坂葵館、赤坂のローヤル館などには外国の人も沢山に見にきていた。

父方の祖母が浅草に住まっていて、土曜から日曜にかけてよく遊びに行った。ビラ下の映画の無料切符を集めてくれていて、それで楽しんだ。いずれもサイレントで、男性はチャーリーかジョン、女性はどれもメアリーで、弁士の説明はいつも同じだった。伴奏はピアノとヴァイオリンの二種位で、こちらも同じ曲だった。


サイレント映画に夢中になった話は、実に色々な人が書いているのを読んだが、男性の名はチャーリーかジョン、女性はメアリーで、伴奏とストーリーがいつも同じというのは初めて聞いたような気がする。

私の夫も無類の映画好きで、チャールズ・チャップリンの映画が上映されたのは日比谷だったか、映画館に連れて行かれた。動きもストーリーも技術的に制約が多かったのだろう。あの時は字幕だった。弁士の語りを聞いてみたかった。

今、東京には虫がいなくなった。蚊もいない。こうろぎも鳴かない。とんぼも飛んで来ない。おたまじゃくしもいない。きりぎりすもいない。何も彼もいなくなってしまった。

夕立が思いきり降ったあと、急に日が差して明るくなる。できた水たまりにどこからともなくとんぼが沢山に集まってくる。麦わらとんぼ、塩からとんぼ、赤とんぼが空いっぱいに流れて飛んできた。それを追うように、やんまや王様やんまが飛んでくる。

その虫の姿も見る事がなくなった。

秋の夜に、こおろぎが鳴く頃になると、母親が「こうろぎが肩させ裾させ、冬の支度を早くしろと鳴いているよ」と、冬の仕事の針に糸をさしていた。

あめんぼ、水すまし、おたまじゃくし、目高、源五郎。どこの水たまりにもいたおなじみだった。それがいなくなってしまった。

「雁が渡る　鳴いて渡る　鍵になり　竿になり」と鳴いた秋の渡り鳥は昔は珍し

くなかった。それも東京では今、見る事が出来ない。

新銭座の築地川で大きな弁慶蟹が沢山に捕れた。真っ赤な鋏を立てたのをバケツ一杯に捕ってきたこともある。そうした生物が東京には　いなくなってしまった。


雁を東京で見る事ができたなんて、驚きの事実だ。私は幸いにも雁が渡って行く声を聞いている。夫の転勤で、米国コネチカット州の北部、マサチューセッツ州に近い処に住んでいた。ＮＹのずっと北にある州で、秋になると雁が渡って行った。かすれたような、寂しい鳴き声が空に響くのを庭にいて聞く事が出来た。まさに「鍵になり、竿になり」、いや、「Ｙの字になり、Ｉの字になり」だった。一度、秋の終わりに夫とコネチカット州よりもずっと北のメイン州辺りをドライブしていた時には、雁が翼を休める、氷に閉ざされた湖沼に行きついた。車を止めて、見て、そして聞き入った記憶がある。大群が次々と降りてきた。やはりかすれた雁の声が響き渡っていた。

「渡り」で思いだす事。私は幸運にもツバメの大群が南への渡りの途中で、電線に止まって休んでいるのを見ている。ある秋の日、夫の墓参に行った時、房総半島の中ほどを貫いている人っ子一人歩いていない久留里街道が、いつもと違って妙に賑やかだった。道路の横にずらっと立つ電柱をつなぐ電線。私が立っている前も後ろも、途切れなく飛んでくるツバメが止まって賑やかだった。冬を迎える前に南に旅立つ無数のツバメたちを一人で見入る贅沢な時間だった。現代でも、東京を少し離れれば豊かな自然を見る事は可能だ、と実感した。

失った世界への、父の哀惜が今頃伝わってきて、胸が痛む。

私が高校生の頃に、広い庭を手放す事態になり、我が家は日が差さない家になった。父は東の台所の入り口辺りや、家を取り巻く外側のブロックの塀の上にまで、大きな鉢植えを並べていた。夏の日には、西日の当たるブロック塀の上の植木鉢にホースで大々的に水をまいていた。毛の無くなった頭を汗でびっしょりにしながら、元気に周囲の道まで水を撒いていたのを思い出す。父が亡くなった後、思いがけず近所の人が父のやって来た事を引き継いでくれて、地域に溶け込んだ父の存在を、ちょっと誇らしく思った。

父親が病気になって寝付くようになった。私が五年生の頃からだと思う。それ

までよく父の友達が大勢きて賑やかな酒の集まりがあったのに、私の家には酒の匂いもなく、人の声も立たず、淋しい家に変わっていった。

その父が熱海に転地に行った。どこの病院だか覚えていないけれど、海の近くだった。その見舞いに新橋駅から汽車に乗った。当時の東海道線は国府津から松田―御殿場―沼津と箱根の裾を通っていた。国府津から熱海まで人力鉄道といふのに乗った。根府川あたりの高い処を人の押すトロッコの窓から見下ろす伊豆の海は、背すじがつまるような怖ろしい思ひがした。

病院の窓からトンネル工事がよく見えた。それが丹那トンネルの工事現場だった事は後になって知った。

父は人力鉄道と書いているが、実際には「人車鉄道」と呼ばれていたらしい。「豆相人車鉄道」と呼ばれるトロッコのような小さな車両を二、三人の車丁が押している写真と、その後を引き継いだという軽便鉄道の写真のコピーを父は残している。

人車鉄道は明治二十九年から営業。トロッコのような小さな車両は急な勾配の所にさしかかると、二等、三等の客は一緒に押し、一等の乗客だけがずっと乗っていられ

豆相人車鉄道（父が残した資料から）

軽便鉄道

たとか。人力には限度があって、十年程経つと軽敏鉄道に切り替えられた。父は人車鉄道の最後の頃の乗客の一人だったらしい。

病院の窓からトンネル工事を見ている父。私が子供の頃、丹那トンネルの名は父から時々聞いたから、新幹線の工事のように誰もが知っている物と思っていたが、父の特別の思い出の光景だったか。父はこの当時の事を克明に書いたが、肝心の病に倒れた父親の事は何も書いていない。死期が迫ったと思われる父親。とても書く気にはなれなかったのだろうか。孫の世代の私たちは、秀四郎という名前以外は祖父の事を何も知らない。写真もない。

ただ、祖父の話を一度、私が高校生の頃に祖母から聞いた事がある。「おじいさんが吉原に行ったのを知っていたけど、私は『あた』はしなかった」。「あた」とは嫉妬をして相手を責め立てるような事らしい。

それから何十年も経った頃に孫娘にポロっとこぼした祖母の言葉。夫の浮気を耐える事が良き妻だった時代に模範的な貞女だったらしい祖母の、心に秘めてきた「煮えたぎるような気持ち」。孫の私に告げて、祖母の苦しみは少し緩められたか、と今頃思う。

更に最近になって、叔母（父の妹）が書き残してくれた記録で知ったのだが、秀四郎は明治十九年日本橋住吉町に住み、染め物業を営んでいた。父親が早く亡くなったため、苦労を重ね、後、奉公に出て下絵（幕や印半纏の下型等）の仕事を覚える。その後独立して本所の松山家より「はる」を迎えた。我が祖母である。子供五人をもうけたが、次男、二女、三女は夭折した。

仕事には厳しい人だったが、人に頼まれると快く引き受け、祭りの際にはお神酒所への寄付をし、「れん」を奉納したりして暮れには力士を呼んで餅つきをしたり、四斗樽のこもかぶりをお飾りにし、七草まで賑やかにごちそうを並べていたとか。日本橋の白木屋や三越から仕事が多分に入り、寝る間もなく働いて体をこわしたそうだ。仕事を息子に仕込むとき、三尺差しで叩いたという、厳しい人柄しか知らずに育った私は、江戸っ子らしい雰囲気もあったのか、と意外の念をもった。嬉しくもあった。

小学校の四年頃の多分夏休みだと思ふけれど　伊藤春吉君の知合いが東海道の蒲原で漁師をしている家へ二人だけで初めての汽車旅行で出かけた。国府津から御殿場—沼津—蒲原までの長い旅だった。

国府津から沼津まで列車を弾く機関車はマレー式機関車で、片側にピストンが二つある。そのシリンダーの音が素晴らしかった。今、この機関車は神田の鉄道博物館に展示されている。

長い旅の末に泊った伊藤君の知合いの家で、地引網など初めての体験をした。魚や小海老が沢山に捕れた。この伊藤君はサンシャイン倶楽部、リュックサッククラブまでの同人で、私も一緒に山歩きを楽しんだよい友達だったけれど、海軍に入隊し、戦死してしまった。

第一次世界大戦が終わった頃から日本の空にも飛行機が飛ぶ様になった。アメリカの飛行機乗りのモーリスとかスミスという人達の曲乗りに空を見上げたものである。

単葉のニューボール式とか複葉のモーリス・ファルマン式とか「少年倶楽部」に乗ると、友達同士で廻し読みで眼を見張った。ドイツのドルニエやユンカースは金属製で、フランスやアメリカ機よりも立派に見えた。

それにしても日本の飛行機はよく墜ちた。金毘羅様のある明舟町に陸軍の飛行機が墜ちた時は大きな音と火の手が上がり、私の家からも見えた。日曜日の朝など、海軍の飛行機が航空思想を高揚するために、芝浦の竹芝桟橋から飛び立つのを、朝早く起きて見物に行ったものである。船からクレーンで海に下ろされ、水兵がプロペラを手で廻すと滑走するのだが、エンジンがかからず中止になる事が度々あった。現在の芝浦からは考えられない静かな海であった。

私の見た二・二六事件

二月に入って節分の日から幾度も東京は雪の多い日が続いた。二尺あまりも積もって雪の捨て場もなく、街の隅々に山の様に積み上げられていた。昭和十一年（一九三六年）二月二十六日朝も、前日の暮れから降り出した雪で外に出る事もできなかった。

私の家は新橋駅が近かったので省線電車の音はいつでも耳のそばにあったけれど、その電車の音も聞こえない。

六時からのＪＯＡＫ（ＮＨＫラジオ第一）のニュースもない。そして新聞も配達されてこない、異常に静かな雪の朝を迎えた。前日に母は妹の千代の家に泊りにゆき、私一人だった。

不安な気持ちでいると、突然ラジオが「流弾があるやも知れず、家の外には出ない様に」と繰り返し放送しはじめた。芝口、新橋駅、虎ノ門、桜田橋、宮城など充分注意するようにと放送し続けていた。

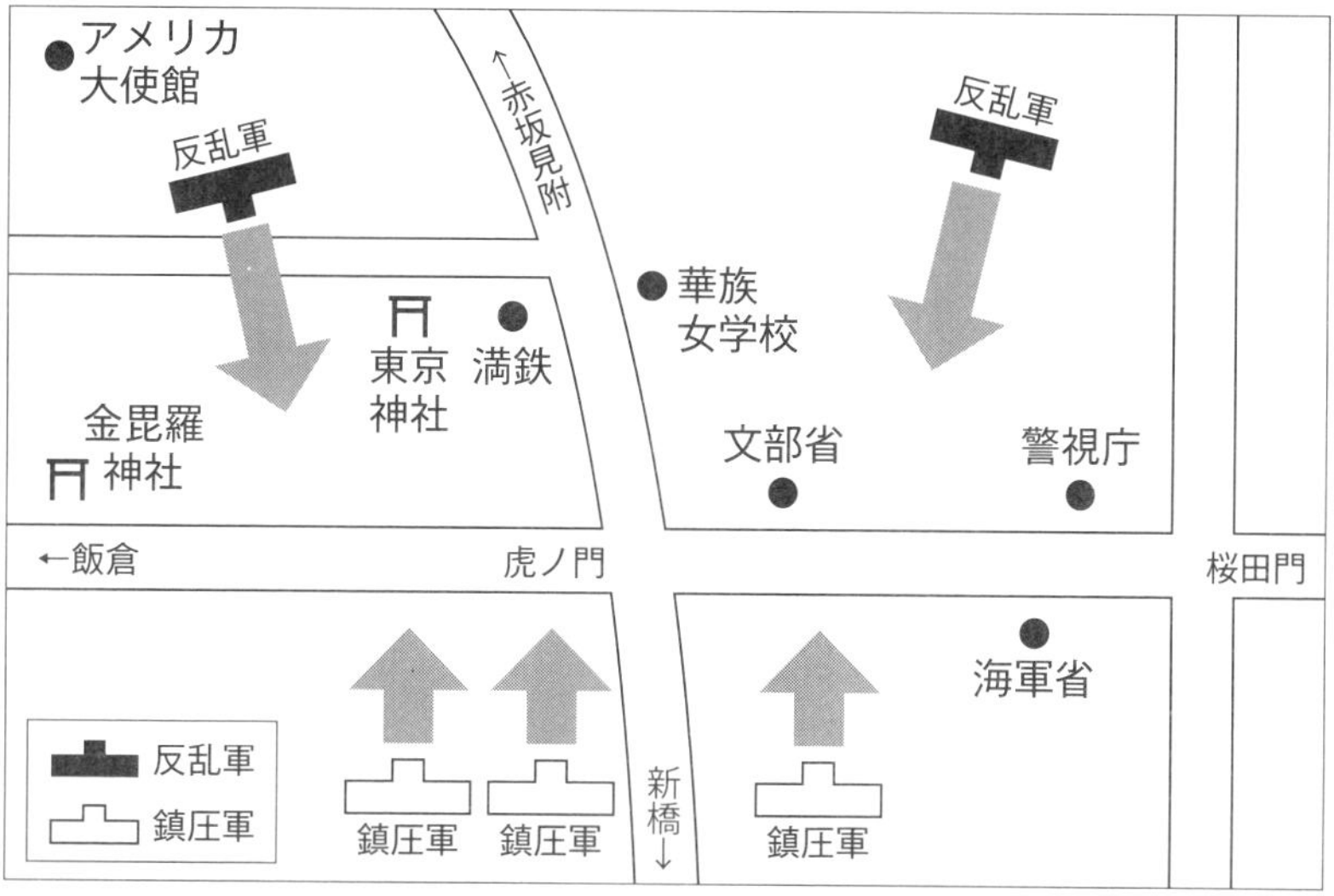

私には一度も味わった事のない不気味な静かさの中に何が起きたのか、判断する事も出来なかった。

昼ごろになって恐いもの見たさに新橋駅の近くまで行ってみると、着剣をした歩兵部隊が、歩兵砲や重機関銃を持って大隊旗を先頭に桜田本郷町から虎ノ門に向かって行軍をして行く。東京市内で軍が着剣して行くのはよほどな事件が起きたのだな、と初めてわかってきた。

裏路づたいに虎ノ門まで行ってみると、上のような布陣で虎ノ門を中心にして日本の軍隊と日本の軍隊とが銃をかまえて布陣している。そしてどちらも戦闘旗をかかげている。海軍省の前には海軍陸戦隊（日本海軍が編成した陸上戦闘部隊。主に反乱軍と陸軍の折衝をしたとか）も来ていた。反乱軍も鎮圧軍（陸軍）も海軍陸戦隊も日の丸の旗を立てているので、どうにも理解できない有り様だった。

夕方までには様子もわかってきたけれど、戒厳令が布告されて重大な事件が起きた事は段々とわかった。発砲はなかったと思うけれど、それからの東京は死んだような時間がしばらく続いた。

有名な「兵に告ぐ」のアドバルーンが上がって、反乱部隊が元隊に引き上げたのは五日後だったと思う。当時の朝日新聞は有楽町の本社が反乱軍に襲われて印刷が出来なくなり、大阪朝日からの新聞が配られた。どうやら朝日の社説が軍部を刺激したらしい。

五十七年も前の事件で、ほとんど忘れてしまったけれど、深い雪の虎ノ門で反乱軍と鎮圧軍が息詰るように静かに対峙する姿は、今でも目の底に残っている。

渋谷の賑やかなＮＨＫの脇道に、銃殺された若い反乱軍の将校のための慰霊観音が建てられている事も、九段会館（元軍人会館）の建物が、戒厳司令部が置かれていたことも、ほとんどの人は知らないと思う。二二六事件も、それほどに昔

――の事になってしまった。

「二・二六事件」と聞いても、遠い遠い昔の出来事だと思っていたのに、父がそれを見たと知った時、びっくりした。序文でも書いたように、きっかけは父が送ってきたエッセイだった。

昭和十一年（一九三六年）二月二十六日の朝、新橋駅に近い自宅で、父は異様に静かな朝を迎えた。前日に母親は娘（父の妹）の嫁ぎ先に泊まりに行っていたので、父は一人だった。雪が降り積もっていたせいもある。しかし、いつもは聞える電車の音もなく、新聞も配達されなかった。ラジオをつけると「流弾があるやも知らず、家の外には出ないように」と放送が繰り返された。

虎ノ門を中心に、新橋、宮城、桜田門界隈は特に注意との事。それ以外は判らなかった。父は昼頃、好奇心を抑えきれなくなって新橋駅に向った。着剣をし、歩兵砲や重機関銃を備えた歩兵部隊が大隊旗をかかげ、虎ノ門方面に行軍して行く。大変なことだと思い、裏道づたいに虎ノ門へ向い、日本の軍隊と日本の軍隊が対峙しているのを見た。

父の直筆原稿

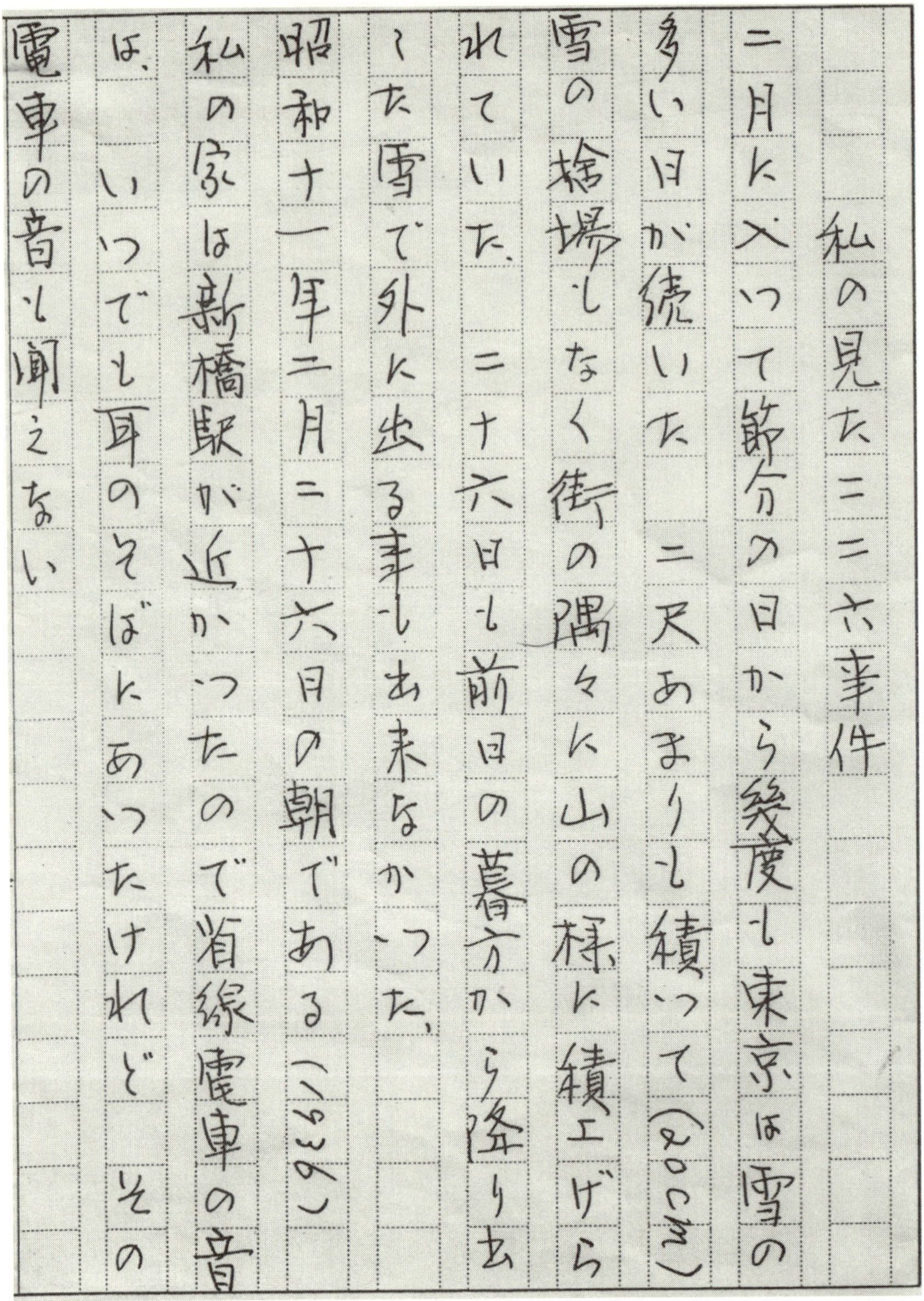
私の見た二二六事件
二月に入って節分の日から幾度も東京は雪の
多い日が続いた　二尺あまりも積って(60cm)
雪の捨場もなく街の隅々に山の様に積上げら
れていた。二十六日も前日の暮方から降り出
した雪で外に出る事も出来なかった。
昭和十一年二月二十六日の朝である(1936)
私の家は新橋駅が近かったので省線電車の音
は、いつでも耳のそばにあったけれど　その
電車の音も聞えない

六時からJOAKのニュースもない　そして
新聞も配達されてこない　異状な静かな雪の
朝を迎えた　前日に母は妹の千代の家に泊り
にゆき　私一人だった
不安な気持でいると　突然ラヂオが「流言が
あるやも知れず　家の外にはあない様に」と
くり返し放送しはじめた　芝口　新橋駅　虎
の門　桜田橋　宮城　など　と虎の門を中心に
して充分注意する様にと　放送しつづけてい
た。

私には一度も味つた事のない不気味な静かさの中に何が起きたのか　判断する事も出来なかつた、
昼頃になつて恐いもの見たさに新橋駅の近くまで行つてみると着剣をした歩兵部隊が歩兵砲や重機関銃を持つて大隊旗を先頭に桜田本郷町から虎の門に向つて行軍してゆく。東京市内で軍が着剣してゆくのは余程な事件が起きたのだな　と始めて判つてきた、
裏路づたいに　虎の門まで行つてみると

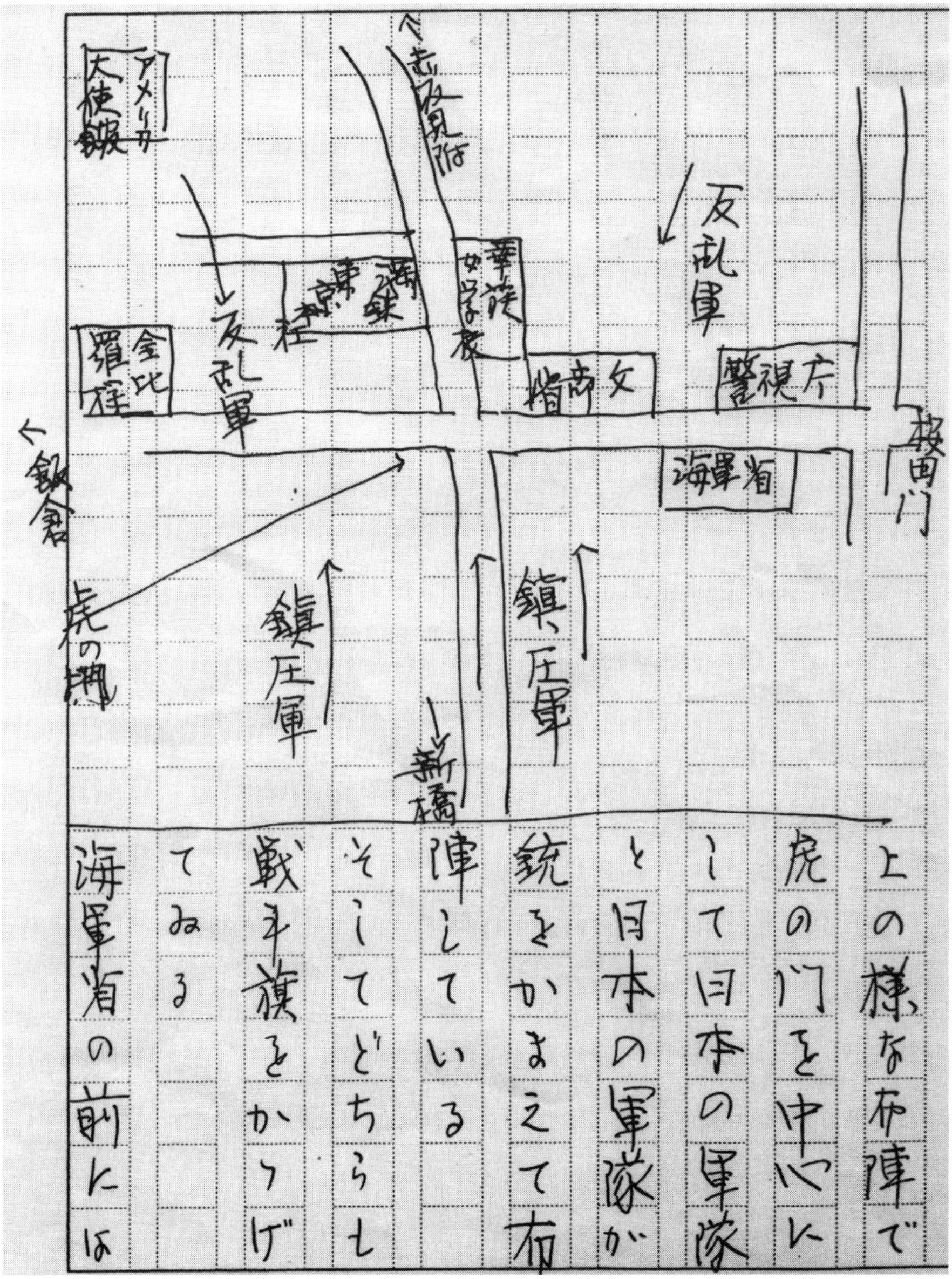

上の様な布陣で
虎の門を中心に
して日本の軍隊
と日本の軍隊が
銃をかまえて布
陣している
そしてどちらも
戦争旗をかゝげ
てみる
海軍省の前には

海軍陸戦隊も来ていた、
反乱軍も鎮圧軍も海軍陸戦隊も日の丸の旗を
立てゝゐるのでどうにも理解出来ない有様
だつた、
夕方までには様子も判つてきたけれど戒厳令
が布告されて重大な事件が起きた事は段々と
判つた発砲はなかつたと思ふけれどそれ
からの東京は死んだやうな町が暫くつゞい
た、
有名な「兵に告ぐ」のアドバルーンが上つて

反乱部隊が原隊に引上げたのは五日後だったと思ふ
同封した当時の朝日新聞は有楽町の朝日の本社が反乱軍に襲われ印刷が出来なくなり大阪朝日から新聞である
朝日の社説が軍を刺戟したらしい、
五十七年も前の事件でほとんど忘れてしまつだけれど深い雪の虎の門で日本の軍隊と日本の軍隊が息づまる静かな姿は今でも眼の底に残っている

渋谷の賑やかなNHKのわき路に銃殺された若い反乱軍の将校のための慰霊観音の建てられている事も　九段会館（元軍人会館）の建物が戒厳司令部が置かれていたことも　ほとんどの人は知らないと思ふ　二二六事件もそれ程に昔の事になってしまった。

父の簡略な文章は、その日から五日後に反乱部隊として鎮圧されるまでの概略を書いている。図解を添え、自分の目で見た文部省、海軍省、警視庁、華族女学校などと反乱軍、鎮圧軍の布陣を描いていた。

私は只々驚いた。二二六事件という名は知っていても、それはほとんど古生代くらいに起きた古い出来事としか考えたことはなかったのだ。

しかし調べてみると、二二六事件は私が生まれるわずか八年前に起こった事だった。それを自分の父親が見て、目の前に繰り広げられていたことを克明に書いている。それまで、私は父からの手紙くらいしか知らなかったから、父の簡素だが緻密な文章に驚かされた。

せっかく父が送ってくれた資料だったが、私の英語力には限りがあって、それを使って書くことは難しい。更に遠く離れた極東の国のかつての内戦、あるいは未遂のクーデターについて私を指導した教授が関心を示すとも思えなかった。その意味で父が送ってくれた文章は、私の意図にそぐわない内容だった。結局私は何を書いてよいか視点が定まらないままに、資料はしまいこんだままとなった。

「二二六事件」の文章を書いて以来、父は堰を切ったように過去の思い出を書いては送ってくれた。私は帰国してから、それらのコピーを大量にとり、姉や妹、弟、いとこたちに送った。「凄い、素晴らしいわね」という一通りの感想が送られてきた。

一つ、思いがけない反応があった。父の従妹にあたる、小田原に住む叔母がわざわざ電話をかけてきて言った。

「私はもっと凄い経験をしているのよ」。

私は早速小田原まで聞きに行った。叔母は淡々と自分の経験を語り、私は夢中でメモをとった。二二六事件の前夜、芸者だった父の従妹は、ある宴席で、共同通信社の記者と高級将校であるI閣下がいる席に呼ばれていた。この叔母は四歳の頃から身に着けた長唄で師匠の代稽古をするほどの芸達者だったが、母親を養う為に芸者になっていたのだ。彼女の売りは「気風の良さ」だったそうだ。

翌日、叔母から又、電話があった。口止めだった。話を聞きに来た姪の存在が嬉しかったのか、つい口を滑らせたと後悔しているようだった。「墓場まで持って行くつもりだった。絶対に口外しないように」と何度も念を押された。気になってその閣下についてざっと調べた。たった一つ、その存在を確認できたのは松本清張の分厚い本の中だった。読み進めると、その将校は事が起きれば自分を利するのを知っていて、事件が起こるのを待っていたとしか思えない。叔母が口止めをするのも当然か。でもいつか追求しようと思いつつ、そのままになっている。

「今年（二〇一六）は二二六事件から八〇年」という特集のテレビの画面を見て、ああ、父が書いたように雪が降り積もっていたのだと思った。そして突然、昔、祖母がつぶやいた言葉が甦った。「兵隊さんが泣いている」と言ったか、「兵隊さんの涙だ」と言ったかはっきりとは思い出せないが、子供だった私はあの時、ただ陰鬱な空から舞い降りてくる灰色の冷たい物が「兵隊さんたちの涙」か、と思った。あれはきっと二月二十六日だったのだ。私は幾つだったのだろう。温暖化故か、二〇一六年の二月二十六日は春のように暖かかった。祖母のあの言葉を聞いたのはいつだったのか、調べてみようと思いつつ、そのままになっている。

軍隊時代——三十代半ばの応召、一兵卒に

「二二六事件の思い出」からかなりの時が経ってから、父は軍隊時代の思い出を克明に綴りだした。きっかけは私が「しかがみ」という言葉を知らず、その意味を聞いた事から始まったと思う。いじめ、制裁といった意味合いがあったらしい。その「しかがみ」を、父は軍隊時代に嫌という程に経験した。そこから思い出が噴き出たか。

父の軍隊生活の思い出自体も驚きだった。父は軍隊の話などしたことがなかった。思い出すのは子供の頃、当時大ヒットをしていた花菱アチャコの「二等兵物語」を家族全員で、我が家がある高円寺の映画館で見た時の事だ。暗い映画館の笑いにつつまれた席で、父は静かに涙を流していたような気がする。同じような反応を示していた大人たちが周りにたくさんいたような気もする。

父は軍隊時代の思い出を、次のように淡々と書き綴っている。

習志野 一

昭和十六年七月九日に召集令状が来た。桃色の小さな紙片で、俗にいう「赤紙」である。そして柏の七十七部隊への入隊まで二日、四十八時間と記されている。私は昭和三年に兵隊検査を受けたが、当時は宇垣内閣の時代で、世界中が軍備を縮小していた。結果は甲種合格、第二乙種編入となっていた。

その後、在郷軍人の演習に参加した事は二回有ったが、軍隊の事は何も判っていなかった。昭和十六年頃は支那事変の最中で、毎日の様に「祝、出征」と書かれた旗や、日の丸をかかげた人波が街の中に溢れていた。

まさか三十四歳になった自分に召集令状がくるとは想像もしていなかった。四十八時間の猶予が与えられたが、区役所へ婚姻届けを届けるのと、妹夫婦と家内の実家に知らせるだけで一日は消えてしまった。

「私服で応召のこと、祝出征の旗は立ててはいけぬ、奉公袋も持っていてはいけぬ、見送り人も出してはいけない」等々の制限をされて、新橋駅から上野駅に向かった。

千葉県柏市はどの方向か私は知らなかったけれど、上野駅には大勢の人たちがいたのですぐに判かった。

当時の常磐線は蒸気機関車で、柏駅は駅前だけが商店街で、七十七部隊の周りは桑か野菜の畑だった。

営門を入るのは午後の一時で、その間に爪を切り、私物一切を自宅に送り返した。義弟に後々の事、母や家内の事を頼み、二日の間、ほとんど寝ていないので、営門前でうたた寝をしてしまった。

清水曹長に引率されて、営門をくぐる。これで私は個人の自由のない兵になる。勇ましいとか、悲しいとかの感情の無い、気の抜けたような自分になった。

ここで軍服に着替える。靴は重たい編上靴だった。服は日露戦争当時の古い服だった。襦袢、袴下、手袋、靴下、襟布など二点ずつを支給され、兵舎の中の内務班に引率されていった。

内務班は日露戦争のロシア軍の捕虜を収容した所で、すべてが大きく、整理棚に手が届かなかった。

私は「陸軍補充兵、二等兵、三井喜久雄」である。この「補充兵」という肩書は除隊になるまで消えなかった。

集団生活をした事のない私には、大きな集団に溶けこむ事が難しかった。

十歳も若い現役兵、予備役、後備役、大正時代に軍隊生活をしたことのある古参兵、これらの人の中に巻き込まれて、私は何をどうしてよいやら、困り果ててしまった。中隊長は池尾中尉である。

入隊二日目、「起床」と呼ばれて目覚める。疲れていたので、なかなか目が覚めなかった。便所に行くからと廊下に出ようとすると、古参兵にいきなり怒鳴られた。「申告してゆけ」と言われた。「三井二等兵、厠に行ってまいります」と。軍隊では便所を「厠」という事を初めて知った。

二日目の朝食、「一装飯」である。白いご飯に汁と漬物がついていた。

初年兵が給仕してくれた。

「貴様ら補充兵は、もさもさ食うな。早く食べろ」と怒鳴られた。

入隊三日目、全員身体検査にと習志野原に行く。真夏の演習場は草いきれのする中空に防空気球が何機も何機も上げられ、気球をつないで防空網が張られていた。

全員、袴下一枚になれと言われる。

真夏の太陽の下、男ばかりの異様な姿に私は恥ずかしさがこみ上げてきた。その中を軍司令官の山田乙三大将が乗馬で挙手の礼で私たちを閲兵していた。現役兵が、「貴様たちは昨日まではお客様だが、今日からは兵隊らしくしてやる」と、とげとげしい言葉を私たちに投げかけてくる。

夜の点呼の後、「この中に床屋はいないか」と言われて、藤本二等兵が隊長の個室に行った。町の床屋の藤本は、普段の客のつもりで隊長の髭を剃る時、「ねえ、旦那」と話したという。内務班に帰ると同時に、彼は私達の前で古参兵、その他から激しいビンタを受けて、倒れてしまった。そして補充兵一同も、目から火が出る程のビンタを受けた。

これは後日、大前さん（戦友か？）から聞いた話である。私達の入隊時刻は午後の一時だったが、午前十時と午後三時に入隊した人たちはその日の内に軍用列車で呉に行き、船で仏印に進駐の途中、トンキン湾で撃沈されたとの事である。

二時間の時間の相違が、私が今日まで生きていられた訳である。

父の「命拾い」はこれだけでは無いようである。「習志野　三二」で周囲の顔見知りの

この写真は昭和一九年九月頃（旧）新橋四丁目三十四番地（現）港区新橋四丁目の自宅の前で寫したものである。
当時、私は陸軍上等兵で外泊の時である。
私は三十八才、梅子は二十七才、抱かれておる女の子は二女の雅子である。
この家も二十年八月の空襲で何一つ残らず焼失してしまった。お互いに病気もせず子供達も立派になって呉れた今日、この寫真を見ると生きていた事が本当に有難い事だと思ふ。

平成八年五月二十九日　（八十八才）
三井喜久雄
（七十七才）
三井梅子

戦友たちが次々と戦地に送られ、「帰ってこなかった」と書いている。誰もが次は、と複雑な胸の内だったと思うが、父は部隊で書記の仕事をしていて重宝されたようで、戦地に送られることがなかったと、聞いた。仕事柄や、もともと美意識の高い人だったか、端正な字を書いて、それが幸いしたようだ。

私の姉の所に、父の戦友だった人からの手紙があったので、引用する。父の死を知らせた時に送られてきたお悔やみの手紙だ。「……三井さん（父の事）は、私が中隊事務室で庶務係をしていた時に、しばらく助手をしてくれまして、字の下手な私にとっては救いの神のような人でした。陣中日誌というものをカーボン紙をいれて三枚ほど複写して製本し、部隊本部などに届けるわけなのですが、三井さんが召集解除になってから、たちまち、大隊長に、お前のは字ではなくて絵だ、と文句を言われたことを覚えています……」。

父は姿勢を正し、いつもきっちりと気持ちの良い字を書いていた。私が心のおもむくままに書きなぐっているのを見て、よく「もっとじっくりと書きなさい」と言っていたが、不肖の娘は今も心おもむくままに書いている。

習志野 二

入隊して幾日か過ぎてくると軍隊生活も段々と慣れてくる。一方で地方の言葉や軍隊用語への戸惑いもあった。

編上靴を「へんじょうか」、手袋を「てとう」と、思いもかけない表現に驚く事が多かった。

入隊した日に支給された靴が足に合わぬと被服掛に申し出れば、「足を靴に合わせて履け」と怒鳴られた。袴下も襦袢も手袋も二点支給された以外、私物は一点も許されなかった。下穿きだけは「パンツ（当時は下穿きを、そう呼んだ）と褌だけはどちらでもよい」、と言う被服掛の小池上等兵の大きな声に誰もが恐れをなした。

靴はクリームを塗って磨くものと知っていたが、靴を水で洗うという事も入隊して初めて知った。戦友たちの泥だらけの靴にも涙したのである。

軍靴の牛革が豚皮になり、木綿になり、十八年ごろには鮭の皮も利用した物まで配られる事も有った。それだけ資源が不足してきたのだ。

私の階位は「陸軍補充兵二等兵」である。

古参兵や現役兵に、「貴様らは一銭五厘」とよく言われた。召集解除の日の申告も補充兵上等兵であった。

八丁原中隊の編成は召集古参兵二、現役兵二、補充兵六くらいの割合だった。

物乾場使役「ブツカンバシエキ」、これは習志野にいる間、各中隊の物乾場に立った使役である。各中隊の物資が誰かに盗まれないように見張る仕事で、気も抜けなかった。

炊事場と飯上げ、これも切ない思い出ばかりである。

週番上等兵の「飯上げ用意」の呼称がかかると、当番兵は一散に炊事場に駆け入る。食管を受け取り、隊に帰る。そして頭数の食器に飯を盛るのだが、古参兵や現役兵に「飯が少ない」と怒鳴られた。

嫌じゃないかえ、軍隊は
金の茶碗に金の箸、
仏様でもあるまいに
一膳飯とは情けなや

誰かが歌ったこの歌は、忘れることができない。

私は偶然か、この歌を歌っている、いや、聞いてきたと言おうか。高校に入学すると、すぐに山岳部に入った。夏山合宿などはまさに一膳めし。後輩が「いやじゃありませんか山岳部、金の茶碗に金の箸……」と歌いながら必死で用意する感じがあったが、山にいるという喜びがあっての事。聞いている先輩たちも同じテントの中で、笑顔で共に一膳めしを食べていた。しかし軍隊ではそうはいかなかったろう。召集されて理不尽な生活を強いられた兵隊さんたちの苦労がしのばれる。

食管返納、これにも当番兵が炊事場で泣かされた。飯盛りしゃもじが一つ無くなり、古参兵から「畏れ多くも天皇から頂いたものである」と脅かされて、京成電鉄の実籾駅で投身自殺した者も出た。

自分の食べる分がなく、残飯からすくって食べた事もある。夕食の後、流し場で食器を洗っていて、東京の空が明るく、「帰りたい」と涙ぐんだ事も有った。

炊事場で、「貴様は態度が悪い」と直立不動の姿勢を取らされた。夏の盛り、上半身裸体だった当番兵の私の両肩に子猫を二匹乗せた。

子猫は落ちまいとして爪を立てる。その時の痛さといったらない。その夜、爪傷に汗が染みて、ひりひりと痛んだ事は今も忘れられない。

この話は父から直接聞いたことがある。暑い夏で、父は上半身裸で、我が家にはあの頃、子猫がいて思いだしたのかもしれない。戦争の話はめったにしない人だったが、突然手に入れた自分の特権的な力を行使する人の気持ちに、どれほど無念な思いをもったか。現代社会の「いじめ」に共通するものがあるような気がする。

習志野 三

八月に入ると毎日、毎日、雨が降り続いた。そして陽気が寒く、夏衣だけでは風邪を引きそうな日が続いた。排水口作業で補充兵だけが毎日のように習志野へ引率されてゆく。

私も円臂（猿の肘、長い手。転じて長い棒か？）を肩にして演習所へ行く。前棒は私、後棒は三枝福三・二等兵の組み合わせでモッコを肩にする。三枝は巣鴨から来た石屋。私は下絵師として着物や手ぬぐいの図案、型紙等を作っていたので、俗にいう「筆より重たいもの」を持ったことのない生活をしていた。それが地下足袋、巻脚絆というういでたちで、後ろ棒の三枝には泣かされ通しだった。

天秤棒の中ほどにモッコを乗せ、三枝が力まかせに押す。天秤の前が肩に食い込んで、どうにも前後に歩く事ができない。それを三枝は面白そうに笑った。痛い、懐かしい思い出だけど、その三枝も戦地に転出して、そのまま日本に戻ってこなかった。

毎日、点呼後に、軍人勅諭を教えられたが、この時に大きな声を出す事で晴々とした気分になった。

一つ、軍人は信義を重んずべし……と五条はすぐ覚えられたが、三八歩兵銃の分解掃除はなかなか難しく、各部品の名称を覚える事ができず、よく古参兵に怒鳴られた。

不思議に思ったのは菊のご紋章が削られ、銃握りに何々中学校と焼印が押されているものが混じっていたことだ。兵器が不足して民間から引き上げたのではと感じた。

軍歌演習は、私には楽しい思い出になる。私は召集前、東京市民合唱団にいたので、歌う事は大好きで、大きな声を出す事で晴れ晴れとした。

ひと日、ふた日は晴れたけど、
三日、四日、五日は雨に風
道の悪しきに泣く駒も
踏み、わずらいぬ、野路、山路

今でも時々、口にする軍歌である。

合唱団で歌っていたという話を初めて知って、とても驚いた。父の三人の娘、姉と私、それに妹は、子供の頃から歌うのが大好きで、姉の発案で父母や祖母を観客にみたて、歌ったり踊ったりしていた。三人が通った阿佐ヶ谷中学校の音楽教師、小林先生がコーラスの指導に熱心でコーラス部を設けていた。各クラスの中から選ばれた生徒たちがメンバーになって、杉並区や東京都の合唱コンクールに参加していた。姉はいつも独唱、私と妹は合唱組だったが、その妹は今も高度な合唱団で歌っている。姉も日ごろから、ジャズ、その他、地元のグループで活躍しているようだ。私だけが鼻歌？「いつも畑仕事中に歌っているのね」と畑仲間に言われた事がある。無意識なのだが。

母が若い頃、宝塚志望で、しかし親の反対にあって諦めたと聞いていたから、私達の歌好きは母譲りだと思っていた。もっとも母は当時は珍しいヘビー・スモーカーで、声はしゃがれていたが、「若い時は良い声だったわ」と自慢していた。

法事の後の集まりだったか、或いは新年や夏の集まりか、我が家にはよく親類が来て、お酒が入り、興に乗ると母の実家の兄が「さのさ」を歌う。すると父は都々逸などを披露して、つやのある声を聞かせたのを思い出すが、合唱団にいたとは！

叔父の「さのさ」は独特の節回しで、「さのよ〜〜〜」と長く伸ばされる時は、子供たちは皆でワクワクして聞いたのが懐かしい。手拍子も入ったし、正統な長唄も入るし、くだけて、色っぽい邦楽も出て来たから、ちょっと変わった家だったかもしれない。父の妹は長唄の某家元夫人だ。こちらは正統派だから、あまり皆で一緒に、という記憶は無い。

幼い頃のかすかな思い出。電球一つぶら下がった部屋で、両親がようやく手に入れた手回しの蓄音機でタンゴや、名前は思いだせないが「星は輝き、夜深く、涙ぐむ、涙ぐむ、プラットホームの……」と続く日本の歌曲を聞いていた。子供たちは手回しを手伝うのを楽しんだ。あれは戦後、ようやく両親が手に入れた「音楽」だったのかもしれない。

軍人勅語の朗誦で晴れ晴れとした気分になったという段落を呼んで、お父さん、何しているの、と思わず笑ってしまった。軍人勅語の中身よりも、大きな声を出す事を楽しんでいたとは！　上官が知ったら、怒り狂っていたのでは……。

兵舎には現役三年兵で津軽から来たものがいて、よく津軽民謡を口ずさんでいた。

津軽良い所、降る雪よりも

白いリンゴの花が咲く
明日はおたちが海峡越えて
歌で見送る青森おばこ

同じ三年兵で、やはり弘前から来た兵がいた。その兵はよく私達に言った。「軍隊は良い所である。給料はきちんとくれる。三度の飯も心配なく食える。着る物も寝る所も心配ない」と。

この話には心を打たれる。東北の農民がどれほど大変な生活をしていたことか。父自身の生活も質素なものだったと思うが……。それでも軍隊生活は大変な体験で、「良い所」だったとは絶対に思わなかったと思う。軍隊から給与が出ていたというのは初めて聞いた。

この兵に手紙が来た時、彼は私に「読んでくれ、返事を書いてくれ」と恥ずかしそうに言った。だがその晩、かならずビンタのお礼がきた。読み書きができず、他人を頼らなければならない屈折した思いからか？

この二人も戦地から帰ってこなかった。

いつかだんだんと兵隊らしくなってきた私たち補充兵は、どこへ転出するかは全然知らされず、不安な日々が続いた。（終）

父の「習志野」を再読して、ふと思い出した。私が結婚し、東京都田無市に住んで三年ほど経った頃、八千代市の公団住宅に当選して転居した。ここは津田沼からのバス便が頼りの、駅から二十分以上も離れた所だった。途中に自衛隊の正門があって奥には広い演習場が公団住宅のはずれの方にまで広がっていて、時折落下傘の降下訓練などが見られた。我が家に来た父が感慨深げに、自衛隊の入り口などの話をしていたから、私は軍隊時代を懐かしんでいるのかと思っていたが、苦い経験を思い出していたのだと今頃になって理解した。親の世代の苦労をしみじみと感じ入った。

東京初空襲

昭和十七年四月十八日、私は浦和監視哨に勤務していた。場所は浦和の大通り、栄町の武州銀行の屋上に有った。川口の大隊本部と成増の中隊本部とから半月毎に哨長が選ばれ、所長以下十名くらいの兵が勤務していた。

浦和勤務は隊長級は不在で、古参兵の哨長と現役の三年兵、補充の兵ばかりののんびりとした勤務で、やっと一等兵になれた私にも肩のほぐれる勤務だった。監視所の屋上には対空双眼鏡と通信機械があり、定刻ごとに、「浦和上空、異常無し」と報告していた。

町の中央にある銀行の屋上からは町家の様子を双眼鏡でよく見る事ができた。前には電話局があり、女子局員の仕事ぶりもよく見えた。食事は銀行前の森田屋食堂、入浴は隣家の金物屋で世話になった。

「勝った、勝った」の十七年の始め頃は灯火管制もゆるやかで、浦和の町の夜も明るかった。

十七日の時間はよく覚えていないが、私が勤務下番、次の兵が上番して交代した時に大宮方向から今まで見た事の無い飛行機が低空で飛行してきた。機体は灰色で上翼、方向舵は二枚、今までの写真教育では見たこともないので、「日本の新しいものかしら」と友達と話しあっていた。

その時、東京の方からドカン、ドカンと空気を揺るがして高射砲の音が聞こえてきても、まだ敵機襲来とは思えなかった。

まもなく中隊から「浦和異常ないか？」という電話があって、哨長は「浦和上空異常無し」と報告した。

これが東京初空襲で、ドーリットル空襲（爆撃隊の指揮官ドーリットル中佐名による）と言い、機種はコンソリデーテットとその後にわかった。

その夜、全員、散々にしかがみを伸ばされた（しごきのような制裁と思われる）。

そしてその夜から、東京も浦和も真っ暗闇の街になってしまった。

武州銀行は、「埼玉銀行」から現さくら銀行と変わっている。

平成九年八月二十八日、軍隊生活から八十九才

最後に記された「軍隊生活から八九才」は八九歳の時に書いたという意味と思われる。二度召集されたと聞いているので、浦和はそれではないかと思う。私が子供の頃、父が軍隊生活の話をするのを聞いた事が無い。ただ、かすかに思いだすのは夏になると父に客が来たことだ。滅多に見る事のないビールが用意されていた。姉と私、妹、

双眼鏡をぶら下げているから、浦和監視所にいた頃の写真か？　二度目の召集で、少しは軍隊に慣れた頃ではないか。

幼い弟までがワクワクして離れた所からこのおじさんを見ていた。いずれ酔って変身するのを知っていたからだ。おそらく、あのおじさんは何度も来た事があったのだろう。我が家の、ダリアが咲き、イチジクがなる庭も目に入らないのか、おじさんは縁側で父母と話しながら、ビールを飲むにつれてオイオイと泣き出すのだ。顔をおおう事もせず、体面も忘れたように泣く。

私たちは家の中の少し離れたところから、この光景を笑い転げながら見ていた。父の客は「センユー」という人だそうだが、私たちは「オイオイおじさん」と呼んでいた。泣くおじさんだけではなく、よくわからない話をするおじさんもいた。

「オンナを捕まえて……、最後にそこに花を挿して、そして…」。何の話か分からなかったが、私は彼らの言葉をそのまま覚えていた。大人になって、あのおじさんが何を語っていたのかおぼろげながら理解した。中国大陸や朝鮮半島、あのおじさんたちはそうした戦地に送られ、戦ってきたのだろう。その地で、略奪や凌辱を犯して、心の傷がオイオイと泣く事になっていたのでは……。

思いだす事が一つ。オイオイおじさんは父の上官だったのだろうか、彼の帰り際、父は直立して「三井二等兵、……です」と敬礼したことがあった。酔ったおじさんたちへのせめてものサービスだったのか？ 父の心理も、おじさんたちの心理もわからないが、彼らの記憶は私の中に生きていて、「考えろ！」とささやいているような気がする。

疎開から終戦へ

山王峠の思い出

昭和十九年の末に召集解除になり、昭和二十年三月十日の東京大空襲で「着の身着のまま」になった。私には再召集の噂も耳に入り、「本土決戦のため、女、子供は疎開をしなくてはならない」と言われても、東京育ちの私には家族を連れていく当てもない。困っていた時に、東京都が福島県への集団疎開を募集しているのを知った。都が心配してくれる所だから、と半ば安心して申し込みをした。

指定された日に上野駅に集まると空襲になり、下谷から根津の方面が火の海になったのを見た。

列車は何とか出発して、郡山を経て会津若松に着いたのは翌日の朝十時くらいだった。焼けただれた東京を見てきた私は、猪苗代湖や磐梯山の緑の濃い姿に眼を洗われる思いがした。

若松で下車。地元の人は優しく、湯茶で迎えてくれた。喜多方に行く班と田島に行く班に分かれたが、私たちは田島に行く班に入った。

若松から田島までは何時間かかったか。母親や二人の子供たちは大丈夫かしらと、家内と顔を見合わせた。

信濃川の上流、魚野川を渡り、桧沢村の宿舎に着いた。あまりの情けない家屋なので驚いてしまった。壁は落ち、水は山の湧水を桶で引き、電灯は暗かった。最近まで近くの石膏鉱山で働く鉱夫の住宅だったとの事。地元の人はこの鉱山を石膏山と呼んでいた。

そして翌日から私たち家族は、そこの生活に溶け込まなければならない。私も仕事を見つけなければならない。区長（村の相談役）に相談したところ、石膏会社で人を探しているという。私は何でもよい、ともかく仕事が欲しかったので、その鉱山の仕事をすることにした。

掘り出した石膏を叺《かます》に入れて坑外に運び出すのが仕事だった。三十キロくらいの物を肩に乗せると、背骨が折れそうに重い。他に仕事がないので我慢しなければならない。

家内は近所の農家の草取りに行き、そこでおにぎりを貰ってきて、母や子供たちに食べさせていた。土地の人たちが「東京者は贅沢な暮らしをしていたから罰があったのだ」と陰口をきくのを耳にした。

子供たちも栄養失調になり、元気がなくなった。配給米の代用として手に入るのは芋ばかりで、私も膝の骨が出るほどに痩せてきた。

山に秋が近づいてきた。ここで冬を迎えることはできない。疎開の者は常磐炭鉱に産業兵士として行くという噂も、村に広がり始めた。その時分は町や村で発行する東京への転出証明がないと東京に戻ることが出来なかったが、無断で東京に帰る決心をした。

職もなく、家もなく、何の当てもなく、山王峠を越す木炭バスの後押しをした。山王峠には、そのような思い出がある。

鬼怒川からの電車の中で、広島に新型の爆弾が落とされたと聞いた。

山王峠は古くから会津藩主の参勤交代にも利用された「日光街道」の一部で、標高は九〇〇メートルを超える険しいものとか。今は国道一二一号線の福島県と栃木県の県境になっている。

母は「田舎」という言葉すら嫌いだった。私は母が都会っ子だからだと思っていたが、両親も祖母もそこで大変な苦労をしたのだと、「山王峠の思い出」を読んで改めて認識した。

疎開前、よちよち歩きを始めた私も、ここにきて歩けなくなったそうだから、かなりの栄養失調だったのだろう。その為におできがたくさんできたと聞いている。私の脚にはその痕跡が、小学生になる頃まで残っていたのを覚えている。

村のお地蔵さんの所に赤い物が供えてあったので、姉はお赤飯かと思って食べたらトウガラシで、大泣きをしたと聞いている。姉がこの頃の事をうっすらと覚えていたのか、或いはその話を聞かされて育ったからそう思っていたのか、はっきりとしない。いずれにしても、東京から移転した一家は飢餓状態にあったのだろうか？

疎開者はお米に変えられるかと必死の思いで着物を持って行ったのだろう。母が着物を買ってもらおうと持参すると、農家の座敷には既に疎開者の「必死の思い」がこもったであろう着物が山と積まれていたとか。父が呉服関係の仕事をしていたから、母の着物はそれなりの物だったと思うが、そんなことはお構いなしだったらしい。

ジャガイモの事を話したのは父だったか？　記憶はハッキリとしないが、祖母の便の色が白くて、このままでは駄目だと思ったそうだ。
石膏山の話は祖母から聞いたような気がする。お風呂を貰いに行くと最後の方で、底に汚れた泥水のようなお湯が残っているだけだったとか。いずれにしても、両親も祖母も、思いだしたくない記憶なのだろう。

親の苦労を思うと、言葉も出ない。戦争になれば、どこの国の人も否応なく日常を失い、餓えに直面するのだと実感する。木炭バスのことは聞いたことがあるが、「何も知らない世代」の私には想像もできない。でも、赤子の頃に母か祖母に抱かれて木炭バスに乗り、私も東京に戻ってきたのだから、「知らない世代」などと言ってはいられない。現実をしっかりと見ること、知ること。

三井一家、杉並での生活をスタートさせる

二度の召集と福島への疎開、禁を犯しての帰郷、そして終戦を迎えた後、一家は杉並区高円寺に居を移す。戦後の慣れない生活は、両親と祖母にとって大変だったと思うが、子供たちにとっては牧歌的で楽しい日々であった。

戦時中、空襲による延焼を防ぐ為の政策で新橋一帯の相当数の家屋が立ち退かされ、「一夜乞食」になったと言ったのは、父だったか祖母だったか。福島への疎開、禁を犯して東京に戻って来た事などは後に知った。

親類を頼って阿佐ヶ谷にしばらく逗留した後、両親たちは高円寺に小さな家を建てて新生活をスタートさせた。私の思い出もこの辺りから始まる。

子供の頃の記憶。杉並区高円寺の家の原型は、小さな二間の家。台所に井戸。外に「へっつい」があったこと。「へっつい」とはカマドのことらしい。薪をくべ、ご飯を炊いた。お釜からオネバが吹き出し、重いふたを動かす。そしてふっくらとしたご飯が！　今でも世界で一番、あれ以上に美味しいものは無いと思っている。

家の天井は隙間だらけだったのか、姉と一緒に屋根越しに星を見たような気がする。雨が降ると、皆で洗面器やお鍋まで総動員して防水に当たった。初めの頃は、軍隊毛布で冬の風を防いだそうだが、私は覚えていない。私の新婚当時、田無の借家が隙間風の入る寒い家で、親から借りたこの灰色でズシリと重い軍隊毛布に助けられたのが懐かしい。両親はこんな軍隊毛布を戦後もずっと保存していたのか、とあの頃驚いた記憶がある。いずれにしても、戦後に郊外に「都落ち」した両親と祖母には辛い生活だったろう。でも私たち子供たちには、それが普通で桃源郷の暮らしだった。

初めに建てた高円寺の家の広い縁側。ガラス戸も無かったので、寒かっただろう。母と妹秀子、祖母と姉淑子、私。

　高円寺の家には広い庭が有って、初めはのっぺらぼうで何もなかったと思うが、父と幼い私が段々と花を植えて行った。土を掘ると焼け釘が沢山出てきた。高円寺の花屋でアルメリア

という ピンクの、小さな、新しい種類の花を父と買った記憶がある。

庭の周囲には黄ショウブとシャガがたくさん咲いていたが、あれは土着の花だったのか。桃の木が一本有って、春には毛虫が木をおおわんばかりになる。すると父が棒の先につけた新聞紙に火をつけて、焼き殺していた。夏には、子供の目には空を覆う程に大きなヒマワリが咲き、ダリアが色とりどりの花を咲かせていた。父は秋の終わりになると、そのダリアの球根をもみ殻が詰まった木箱に入れて、縁側の下に保存していた。

庭には大きなイチジクの木が二本あり、子供たちの夏のおやつはイチジクと決まっていた。

父の「いなくなった虫たち」を読むと、ここは父の「失われた世界」だったのだと実感する。

つれづれなるままに

いなくなった虫たち

粋な新内節で有名だった岡本文弥（明治生まれの新内節の太夫）が、錦糸堀のなめくじ長屋から谷中の志ん生の新宅まで、なめくじたちが新築祝いに訪ねていったと語った噺、その志ん生の「吉原田圃」の蛙たちが吉原へお女郎買いに出掛けたというのんびりとした味の噺、ディズニー映画のお姫様がカタツムリに車を引かせて王子様の御殿に出掛けたという楽しいお話などなど、その主人公の虫たちは、私が高円寺に移ってきた五十年程前には沢山にいた。

今の杉並区馬橋区役所出張所の辺りは畑でよくイタチを見かけたものである。

モグラが畑の中に土の列を掘り出して、ミミズを食べているのを見た。青大将がイチジクの枝に絡んでいた。

思い切ったような土砂降りの夕立の後の蜘蛛の巣に陽の光が当たり、五色の水玉に見えた美しさを忘れる事はできない。

今の家に建て直す前のバラック建ての家の軒先に、毎年、梅雨時になると大きな蝦蟇（がまがえる）がノソノソと出てくる。その背中に目印としてエナメルで○を書いておいたが、何年も何年も、ずいぶん長い間、梅雨時になると必ず出てきた。

とんぼが顔に当たる程に飛んできた。ムギワラとんぼ、シオカラとんぼ、それを追うように、やんまや王様とんぼの大きな姿を見ることができた。赤とんぼが空をかすり模様のように飛んできた。

桃園川が暗渠になり、その上が遊歩道に変わる前には、澄んだ流れの中にフナや小エビ、ミズスマシ、ゲンゴロウがいて、春先にはオタマジャクシも沢山いた。「空にツバメの宙返り」と言うけれど、土のない舗装道路ばかりのこの頃では、ツバメの巣も見ることが出来ない。

ネクタイをしたようなコウモリの気取った姿が、私は大好きである。

ホタル、スズムシ、マツムシ、どれも夏の主人公で、縁日の浴衣の裾の軽やかさの足元に響いていた声は嬉しい。

秋近くの長夜、虫たちの声が澄んで響く頃、私の母は「肩させ、裾させせと虫が

「鳴いているよ」と言いながら針仕事をしていた。
その虫たちはいなくなってしまった。

幼い頃の淡い思い出だが、戦後の食糧難を何とかしようと思ったのか、両親は台所の前の土地をスコップで耕して麦を育てた。あの頃、衣料品も手に入らなかったのか、祖母が着物をほどいて作ったモンペを皆、はいていた。私は膝をつく癖があったらしく、すぐにモンペの膝の辺りに穴をあけて叱られていた。

昼間、父は会社に行っていたのだろう。重さが足りなかったのか、母が私をおんぶして麦踏みをしたのを覚えている。祖母と母の話では稲も作ったとか。脱穀をしようと、二人で一升瓶の中の玄米をついていたのは目に焼き付いている。だが、果たして食べられたのか？　記憶にない。

都会育ち、モガのようだったという母が畑のミミズを見て、「メメズー」と絶叫して、ご近所中の人が駆けつけたという逸話を何度も聞かされた。母の若い頃の写真を見ると、都会的な可愛くも美しい、おおよそ畑仕事とは不釣り合いな人だった。

新橋近くに住んでいた、生粋の江戸っ子の末裔のような祖母と父。結婚前は海が近く、豊かな職人の町の雰囲気があった大森で、祭り好きの大家族の一人として育った母。いずれにしても、ガスも水道もない高円寺での新生活のスタートは大変だったろう。しかし父はここに来て初めて広い自分の庭を手に入れ、楽しかったのではないかとも思う。私にとっても高円寺の庭は桃源郷で、父と一緒に花壇を作り、一生懸命花を植えたのを覚えている。

それにしても戦後の復興で、自然環境の破壊はこの頃から確実に進んでいたとは。高円寺に移って来た頃に沢山いたらしいコウモリやイタチは、私が四、五歳の頃の記憶の中にはいなかった。我が家を含め、あの辺りの新住人は四、五軒だけだったと思うのだが。

我が家の南側、道路を隔てた路地の一番奥の家には戦前から土着の人が住んでいた。入り口のそばに空の鶏小屋があった。子供の頃、私はその鶏小屋にぶら下がっていた不思議な光を放つものは何かと聞いたことがある。「イタチ除けのアコヤ貝だが、もうイタチはいなくなった」と、そこの家のおじさんが言った。

その家に、私は偶然、中学生になる頃に一度入れて貰った。入ったところに土間があり、その奥の板の間の真ん中に囲炉裏があった。自在鉤がぶら下がり、長い間の煙のせいか、家の中は真っ暗だった。杉並区高円寺にそういう生活があったのか、とびっくりした。

他にもう一軒、戦前から住んでいた一家があった。大工さんの大きな古い家で、周囲を嵩上げしたのか、石垣になっていた。石垣の周りは小さなどぶでボウフラが沢山いたが、水はきれいだった。中性洗剤はまだ登場していなかったし、どこの家の食生活も簡素で、クレンザーなどもあまり使われていなかったのだろう。

その大工さんの庭で、おじいさんが鉋（かんな）を一生懸命引いていた。私は美しいリボンのような薄い鉋屑を生み出すこのおじいさんが大好きで、いつも横にしゃがみこみ、その魔法を眺めていた。時々、貰ったその鉋屑を通して空を見ると、その美しい曲線で空が大きく歪んで見えた。

おじいさんは普段はニコニコと静かな人だったが、たまに夜、お酒でもはいったか大音響の騒ぎを起こして家の中をめちゃめちゃにする事があった。その時はこの家のおばさんと友達の英子ちゃんが震えて我が家に逃げてきた。翌日、何も無かったように、おじいさんは家の補修をしていた。おばさんの手は、いつもあかぎれで痛々しかったのを覚えている。この家にはおじさんもいた筈だが、記憶に無い。

私が子供の頃、桃園川の阿佐ヶ谷に近い辺りは高い土手になっていて、男の子たちが泳いでいたらしいが、小さい私には川は見えなかった。「川へビが出た」と叫んでいた男の子たちの声だけが記憶にある。高い土手の上を中央線の電車が走り、交差する道路はその下のトンネルをくぐって続いていた。子供の私にとって、ここは結界のようなもので、その先に行くのは恐ろしい事。阿佐ヶ谷の親類の家はその先に有り、従兄と遊ぼうと思う前の日は、緊張して夢の中にもトンネルが出てきた。近くにはかつての菊花女学校、現・杉並学院高校がある。

明治生まれとはいえ、都心で生まれ育ち、子供時代の遊び場が三菱が原だったという父にとって、戦後杉並に移ったのは一種の好ましいカルチャーショックだったのではあるまいか。

祖母は「銀座の柳通りをあなたをおんぶして子守をしたのに」と、私が都心に興味を示さないのを残念に思っていたらしいが、私自身は高円寺育ちの子という誇らしい気持ちでいる。

記憶の中に、コウモリもアオダイショウもいないが、一度、台風の予報で小学校が休校になり、だが幸い台風はそれて近所の子供たちと近くの公園で遊んだ。滑り台の上に立ったら、辺り一帯に赤トンボが無数に飛んでいたことが一度あった。池などなかったが、桃園川にヤゴなど住んでいたのか？　今は確かめようもない。

蝦蟇は私も覚えている。背なかに赤いペンキで○が書かれ、父が「今年も出てきた」と笑顔で行っていたのを思い出す。ずいぶん長生きをしていたように思う。

すし

私は「すし」が大好物である。寿司と鮨ではどう違うのかわからないけれど、すしには目のない方だ。

ただ、この頃のすしはあまりにも立派になりすぎたように思う。第一、すし屋のお店が立派になりすぎた。志ん生の噺に出てくる屋台のすし屋が本当だと思う。この頃のすし屋は孫の二人でも連れていくには相当の覚悟をしなければならない。すしは高級なものではなく、外働きの職人たちの腹ごしらえになったものだと思う。私の子供の頃、芝口、現在の新橋には夕方になると夜店のすし屋が沢山出ていた。その間の天ぷら屋なぞ、よい香りを放っていた。

今のすしはしゃりが甘く、がりも甘い。これでは折角のたねの甘味が抑えられてしまう。

「とろ」というもの、これは前には「あんな脂っこいもの食べられるか」と敬遠されたものだが、この頃は最上のものになってしまった。

「可愛い坊主を還俗させて、こはだの寿司でも食わせたい」と粋な小唄があるけれど、チーズ巻きのすしがあるのには驚くばかり。

築地の場外に、おじいさんとおばあさんの二人の飾り気のない屋台で、美味しいすしを食べさせてくれる所がある。朝の八時ごろには品切れになってしまうけれど、安くて美味しくてさっぱりした味はたまらない。私も時々、高円寺から他の物を買うついでに楽しみに出かけて行く。「場所は本願寺の脇」。

「にぎり」は東京の物だと思うけど、地方にも押しずしの美味しい物がある。国府津の小鯛の押しずし、糸魚川のさけの押しずし、新潟村上のこんぶの巻きずしなど、旅の楽しさが一層に加わってくる。

広澤虎造の「江戸っ子だってねえ、鮨を食いねえ」ときっぷのよい啖呵は、すしの美味しさをよく表現していると思う。

つい最近、妹から聞いた話だが、子供の頃、夜になると時々、両親が姉と私だけを連れて高円寺エトワール通りのすし屋に行くのを知っていて、祖母と留守番に残される弟の二人がひがんでいたとか。私はカウンターでお寿司を食べたのを覚えているが、記憶にあるのはイカの歯切れの感覚くらいだ。味はおそらく理解する程の年齢になっていなかったのだろう。思いだせない。すし屋の後、近くの名曲喫茶ネルケンに行ってクラシック音楽を静かに楽しんだ。

あのひと時は、父にとっては同居の母親から妻を、わずかな間でも開放する大切な時間だったのかも知れないと今頃思う。犬のノラも一緒だったのを思い出す。ノラはシェパードとのミックスで戦後の野犬狩りから逃れ、我が家で飼われるようになった。いつもおとなしく、床に控えているようだった。母は晩年まで、ネルケンのマダムとは長く顔見知りでいたようだ。共働きだった母は仕事を終えて家に帰っても、厳然と姑がいる。喫茶店が母の気が休まるささやかな安住の時間であり、場所であったようだ。

ネルケンは知る人ぞ知る名曲喫茶だ。今でもその佇まいは残っているようだが、優雅なマダムが健在かを知る由もない。

父の食生活は家族から見たら偏食というか、粗食だった。それだけに父の「すし屋談義」を読んで、意外な思いがしてならなかった。

父が好んで食べると言えば、朝から豆腐。それに茹でたホウレンソウ。動物性たんぱく源としては、たまにアジの干物ぐらい。野菜も新しく登場してきたものには口をつけなかった。祖母の方が柔軟性があって（？）、「セルリは美味しいのに、お父さんは頭が固い」と自分の息子を評していた。セロリの間違いなのだが、私たちはほほえましく聞いていた。

ただ、父は粗食だったが九十歳過ぎまで毎日元気に歩き、ある日突然お布団から旅立ったのだから、日本人の典型的な健康的食生活を送ったともいえる。

地方の押し寿司や巻き寿司に関する蘊蓄にも驚いたが、晩年まで一人旅を楽しんでいたから、その土地ごとの一杯飲み屋や食堂で舌鼓を打っていたに違いない。

だから時折、「今、糸魚川にいる」とか、「弘前にいる」などと長距離電話を掛けてきても、母は格別心配することはなかったようだ。

エッセイにあるように、私たちが中トロを楽しく味わっていたら、「昔はそんなところは下賤だと捨てていた。マグロはやはり赤身だ」と言われたりした。

その時は何を言うかと思ったが、私も年を重ねた今、「赤身の方が良い。中トロはちょっと――」と、父の好みに近づいているから不思議なものだ。

父の一人旅で思いだした事がある。両親が一緒に旅行をすることは滅多に無かった。母に理由を聞いたら、まだ婚約中に一度だけ、二人で旅をする機会があったそうだ。戦前の事で婚約をしているとはいえ、二人で旅に出ること自体が珍しかったのに、旅行ではなく、山に連れて行かれたそうだ。

父は若い頃から山が大好きで、「登山」がまだ世に知られていない頃に、子供の時の友人で「山と渓谷」社の創始者、川崎吉蔵と一緒に登っていたそうで、ごく自然に「登山」を選んだのだろう。しかし宝塚に憧れていた都会っ子の母としたら驚愕の旅で、酷い目にあったという思いしかなかったそうだ。以来、「二度とお父さんとは出かけない」ことにしていたらしい。

晩年は母の気持ちも和らいだか、二人の旅行の写真もあるし、孫を連れての旅も有ったようだが、基本的に父は一人旅を楽しむ人で、母は昔からの友達とにぎやかな旅を楽しむ。互いに認め合って、それで調和が取れていたようだ。

私のうた――子供のころに歌った歌

父のエッセイには何の説明書きもなく、いくつかの童謡や民謡らしきものが残されている。その中の幾つかの歌は私も知っているし、全く知らないものもある。いずれにしろ、子供時代を窺わせる形骸であることは確かだ。
こうした歌の幾つかを父や祖母が口伝えに私に教えてくれたのか、或いは父が孫娘に聴かせるのを傍で覚えたのか、はっきりしない。戦中戦後の激動の世界に放り込まれた父が、私たち子供に聞かせる余裕があったとは思えない。むしろ孫を相手に歌いながら遊ばしていた姿を想像する方が現実的だと思うのだが――。

こうのけさまは　眉毛のこと
おめかけつれて　目のこと
はなみにいって　鼻のこと
しろいいしひろった　歯のこと

おやまにのぼって頭のこと
きくらげつかんで　耳のこと
ミン　ミン　ミン

山王のお猿さんは
赤いおべべが　だいおすき
ゆうべ　恵比寿講に
よばれて　いったら
鯛の塩焼き　小鯛の　吸い物
はてな　はてな　はてな
不忍の池の　ほとりを
ぐる　ぐる　ぐる　ぐる
まわって　くたびれた

いちじく

にんじん
さんしょに
しいたけ
ごぼうに
むかご
ななくさ　たづな
とうどの　とりが
わたらぬさきに
トン　トン　トン（まな板を打つ）
トコトントンヨ

ずいずい　ずっころばし
ごまみそずい　ちゃつぼにおわれて
トッピンシャン
ぬけたら　ドンドコヨ

たわらのねずみが
こめくってチュウ　チュウチュウチュウ
おとっさんがよんでも
おっかさんがよんでも
ゆきっこ　なあしよ
いどのまわりで　おちゃわん
かいたの　だあれ
うしろの　しょうめん　だあれ
〇〇〇ちゃん！

この「イチジク、ニンジン……」や「ずいずいずっころばし……」の歌は近所の子供たちと実際に歌いながら遊んでいた記憶がある。昭和二十年代前半だろう。平成、令和の時代にも残っているだろうか？　興味深い。「山王のお猿さんは赤いおべべがだいおすき」。私はこれなら今でも歌える。

神田　鍛治町の角の乾物屋
勝栗　かたくてかめない
亀にやったら　かりかり食べた

一番　はじめは　一の宮
二は　日光の　東照宮
三は　佐倉の　宗五郎
四は　信濃の　善光寺
五つは　出雲の　大社（おおやしろ）
六つは　村むら　鎮守様
七つは　成田の　不動様
八つは　八幡の　八幡宮
九つ　高野の　弘法様
十は　東京　招魂社

私が四十歳になった頃、夫のＮＹでの勤務が終わって二人して帰国し、本八幡の社宅に住むようになった。その近くには、父の思い出に出てくる数え歌の中の「八つめの、八幡の八幡宮」があった。その頃は荒れた林に囲まれていた。夫は私の両親が遊びに来てくれるのをいつも楽しみにしていたので、時折二人は我が家を訪ねてきた。両親が帰る時、駅まで送って行く途中にその八幡の藪がある。父はそれを格別の思いで見ていた気がする。その時この数え歌を思い出し、自分の子供時代の記憶を辿っていたのかと思う。

一体何の集まりだったのか、我が家には父方、母方の両方の親戚が集まることが時折あった。母の妹が「一番　はじめは　一の宮」と歌いだすと、皆が唱和していたから、一番から一〇番までの寺社の名をちりばめた数え歌のような物は、ある時期に流行した「行きたい場所」なのだろうか。

とうりゃんせ　とうりゃんせ
ここはどこの　ほそみちじゃ
てんじんさまの　ほそみちじゃ

どうぞとおして　くだしゃんせ
このこのななつの　おいわいに
おふだをおさめに　まいります
ゆきわよいよい　かえりはこわい
こわいながらも　とうりゃんせ　とうりゃんせ

あなたがた　どこさ
肥後さ　肥後どこさ　熊本さ　熊本どこさ　せんばさ
せんば山には　狸がおってさ
それを猟師が　鉄砲で打ってさ

（以下、記述なしで、「この後は判りません。教えてください」と書いてあった）

この歌の最期の「煮てさ、焼いてさ、食ってさ――」を、私は近所の子たちと歌って遊んでいた。その頃は天真爛漫に楽しんでいたが、童話って結構残酷なものだなぁと、今頃思う。

我が家での集まりで特に思いだすのは母の兄の哀調を帯びた「さのさ」。「さのよ～～～」と長く尾を引く叔父の声を、子供たち皆で楽しみにしていた。その後は父が、「正調」といった感じで、でもちょっと色っぽく「何だ、何だ何だよう、あんな男の、一人や二人、好きならあげましょう、熨斗（のし）つけて……」と都都逸か、を歌っていたから、私たち子供は知らない内に、大人の世界を垣間見ていたのかもしれない。

父と山

私が高校生になり、山岳部に入ったのを父はことの外、喜んだようだ。山岳部での初めての山行が奥秩父のどこの山だったか記憶は定かでないが、父は急に昔に還ったように、「甲武鉄道が」とか「飯田橋から出るのか」などと聞いてきて、生意気盛りの高校生だった私はふん、と、少しあざけりの気持ちをもったような気がする。私にとったら、飯田橋は都心近くにしては引き込み線が何本もあるせいか、広い空間があるのには気づいていたが、それでも中央線の快速が通り過ぎる駅に過ぎなかった。実際の父は、電車、汽車が大好きで、交通事情も詳しかったのに何を言っているのだと思ったが、父が遺した山の記憶を読むと、あの時、若かった頃の「山」を想い、一瞬、昔のひとときに戻っていたのだろうか、と今頃思う。

一度、父と弟の二人を連れ、奥多摩のどこかの山に登った事がある。私は山岳部員だという気負いもあって「連れていってあげる」という気持ちが有ったが、父も、中学生でチビだった弟も意外にも健脚で、私一人がバテバテで苦労をしたのが懐かしい。

あの頃、父は五〇代のはじめくらいだったか。まだ充分に元気だった。

父と山を登ったのは、あの時だけだ。

実家の靴箱には父のキャラバンシューズが有って、山登りではなくとも、一人旅に出る時はいつもそれを履き、小さなリュックを背負って行っていたのではないかと思うが、今は確かめるすべも無い。

ご自慢の「山幸」の革の登山靴を履いているから、高校卒業後に参加したOB会での南アルプスへの山行か？

峠

小仏峠

中央線が電化されていないころから、一人で山歩きを楽しんでいた。山へ行く、と言うと、人達は異様な顔をして、「山へ何をしに行くのですか、山に何が有るのですか？」と必ず聞かれた時分で、私も二十歳前であった。

秋のおだやかな高尾の尾根道を歩いていると、加入道、峰の薬師の尾根、丹沢の前衛の山々が目に入ってくる。

旧甲州街道の小仏峠に出ると、目の下に与瀬の町が葛野川に沿って、くっきりと縁を画いている（葛野川は現相模湖）。「下り郡内」と石碑が立っている。郡内とは都留郡一帯を差し、甲斐絹の産地だった。

峠の日当たりの良い芝生に寝ころんでいると、小仏トンネルから蒸気機関車が、ゆっくり煙をはきながら与瀬へ降りていくのが見えた。リュックにいっぱいとってきた柿が渋くて、食べられなかったことも忘れられない。

登った山は違っても、私もなだらかな草原に座って、遙かに見える集落を眺めていた時があった。蒸気機関車を見る事はかなわないが……。それにしても、父の物覚えの良いことに驚く。私も相模湖は見ているから、父と同じ道を歩いたかもしれない。丹沢の前衛の山々はわかるが、加入道、峰の薬師の尾根になると、その名前すら定かでない。私の使っていた地図にその名はあったか？　父の、山に向かう真摯な姿が浮かんでくる。

渋柿を前に、困惑している祖母と父の姿も浮かんでくる。祖母は、山に登る一人息子をどんな思いで見ていたのだろう？

ふと思い出す事。私が初めて山岳部の一週間近い夏山合宿に出かけ、疲れ果てて帰宅した翌朝、いつもの時間、六時に起きられなかったことがあった。「きちんと時間に起きられないなら、山に行くなどもってのほか」とにべもない言葉を浴びせられた。厳しい祖母がいたから我が家は朝寝など許されない家で、それは習い性になって、今でも私は早起きだ。父も、山から戻った翌朝も、早起きを当然のようにしていたか。それとも祖母は、一人息子には少しは甘かったのだろうか？

信州峠

今の小海線が、私鉄「佐久鉄道」だった時代に、信濃川上から千曲川に沿って男山を左に見て、信州峠に出た。

瑞牆山と乾徳山との鞍部が信州峠で、金山牧場から増富鉱泉を経て、韮崎へ出る。

瑞牆山の岩尾根から見た甲武信岳の美しさ、金山牧場で野宿した時に牛に顔をなめられた時のなま温かさは、今でも懐かしい。

当時の地図は日本陸軍参謀本部の外局で、現在の国土地理院の前身だった陸地測量部が作った五万分の一地図であった。戦後、再度出かけた時の地図には「信州峠」の文字はなく、自動車道が出来て金山牧場あたりはレタスとキャベツの畑に変わっていた。

調べてみたら、佐久鉄道は一九三四年九月に国有化された。父が再度行った時の事を「戦後」と書いてあるが、これがいつの頃か、何度も行った事があるかもわからない。姉が高校生の頃、父と小海線で旅をした事があった。帰宅した夜に姉に聞いた話

では、その時ムカデが大発生し、車輪がムカデの油で滑って動けなくなったそうだ。ムカデを踏みしめて歩くしかなかったとか。私は思い浮かべただけで吐き気を覚える程、気持ちが悪かったのだが、今回、二人は山を登ったのか、それともどこかの高原の散策をしたのかを知りたくて姉に連絡をした。残念ながら、姉は父親と旅したこと自体を覚えていなかった。ムカデも然り。物事って、人によって受け止め方の度合いが違うのだな、と実感した。私は「虫」が気になる方だ。キシヤスデの大群は今でも時折、野辺山付近で大発生するとか。

私は高校一年生の時に乾徳山を、瑞牆山は高校を卒業した年の春山登山で登っている。父は全行程を麓から歩いているようだが、私の時代は韮崎から益富ラジウム鉱泉への道はバスを利用するようになっていた。現代の便利さで歩く距離は縮まっているが、峠や牧場など、牧歌的な思い出は無くて残念だ。

乾徳山は山岳部に入ってすぐの山行で、大学生になった先輩たちも多数参加していた。私は疲労で周囲の原生林がビルに見える程、意識がもうろうとしたのを覚えている。歩くのもおぼつかないほどで、後に聞いた話だが、あんなひ弱な部員がいたら、これからの山行に支障をきたす。「早くやめさせろ」と言われていたらしい。

だが飽きっぽく、努力も嫌いな私が、あれほど疲れたのに山は好きで、好きで、これ以来、毎日の部活のトレーニングに励み、せっせと山を登り続けた。これは父の血をひいたか？　遅い時間に帰宅したその晩、食事をしようと茶碗と箸を手にしながら疲れがひどくて不覚にもうたた寝をし、箸を落として、それでも体の自由がきかず、姉や妹が笑い転げているのも夢うつつ状態で聞いたのが懐かしい。

瑞牆山は女子部員が初めて春山に参加したもので、急峻でごつごつした岩の山頂で雪が風で変形し「エビの尻尾」のようになった氷の塊が岩にまっすぐくっついているのをたくさん見た。アルバムを見てみたら、モノカラーのスナップ写真だった。懐かしい。

天城峠

川端康成の『伊豆の踊子』を読み、田中絹代の映画を見て、天城峠を越えようと子供の頃からの友人である気賀沢君と計画をしたのは昭和の初め、兵隊検査の前だったと思う。

東海道線の三島から駿豆（すんず）鉄道の修善寺まで電車に乗る。

三島神社の鳥居の大きさに驚き、柿田川の湧水のきれいなのも、鮎が流れに踊っていたのも忘れられない。

白絣の着物と朴歯の下駄とで、私も気賀沢も一高生になったような気分になっていた。

一泊目は湯ケ野温泉の旅人宿に泊まり、太鼓を打つ踊り子を探してみたが、どこの温泉宿もひっそりと暗かった。

二日目、天城峠を越す。

乗合馬車が天城トンネルを抜けると、トンネルの北側は樹木も何となく暗かったけれど、南側は明るい景色になる。トンネルの天井から落ちる水が肩にしみる。トンネルを境にして、北と南の様子が一度に変わる。

下駄の音がトンネルに響いて、浮き浮きとした気分になる。天城峠の頂上はいかにも休火山らしく、丸々としている。鹿野川の流れが南に行くほど早くなる。下田の街はなまこ壁の家が多かった。

下田富士が町の中に立っている。

玉蓮寺にお参りする。私はいつでも納経帳をもっているので、お寺様に「御判」

を頂きたいとお願いする。坊さんが私達二人を見て、「うまいものはないよ。裏へおまわり」と言った。どうやら「判」と「飯」を間違えたらしい。その夜は玉蓮寺の本堂に泊めてもらった。玉蓮寺は「唐人お吉」の墓のある寺で、お吉の遺品を色々見せてもらった。

本堂は広く、阿弥陀様の常夜灯が映って、仏の世界に入ったような気分になる。その時分は伊豆急鉄道は無く、下田から東海汽船のたちばな丸で熱海に出て、東京に戻った。

父が納経帳を持っていたなど、驚き以外の何物でもない。我が家は戦争で全てを失ったそうだから、私の子供時代に昔の物は何もなかった。父が信心深くお寺参りをしていたなども、想像もつかない。私達子供に信仰、信心などについて話した事などないし、父がお参りに行くのは家の墓でお盆や法事の時だけだったと思う。気賀沢さんという名は時々聞いたが、それが誰かは、子供は気に留める由もない。母も祖母も知っていたようだから、戦後もお付き合いがあったのか？　もっと聞いておけばよかった。

私は川端康成の小説は残念ながら読んでいない。父と、それについて感動を共にすることはないが、共通の思い出はある。父がトンネルの天井から落ちる水が身に沁みると書いてあるが、私も南アルプスの冬山縦走に行った時、冬はバスが通らないので暗いトンネルの中をせっせと歩いている。ツララがぶら下がっていて、落ちて来る水の冷たさが身に沁みた。足元も凍って滑りやすかった。ただ、私はキャラバンシューズ、後には山を登る人たちの憧れでもあった新宿の「山幸」という登山用品の店の皮の登山靴をはいていたが、父たちは下駄を履いていた。慣れていたのだろうが、山道を下駄で歩くなど、今の世では考えられない程難しそうだ。

私は随分とあちこちの山に登ってきたが、ほとんどすべてが山岳部の合宿で、どこか先輩頼りで歩いてきたせいか、父の様に鮮明に覚えていないのが残念だ。

いや、私も一度だけ、単独行をしたことがあった。気負って出かけたが、初日から雨にたたられ、仕方なく木こり小屋に二泊させてもらった。飯場の叔母さんの手伝いをしながら、夜は木こりのおじさんとおしゃべりをして楽しく過ごした。成り行き次第だったなぁ、とも思うが、父の旅好きの血を受けているか、と今頃思う。

「伊豆の踊子」はその後も出演者を変え、時代、時代に作られているようで、男性の心を惹くものなのだろうなぁ、と二十代の父の夢を想う。

内山峠

歳の末になると、方々の家で障子張りをする。その障子紙は上州と信州との境、内山が産地である。内山峠は軽井沢から八風山を抜け、神津牧場へ出て荒船山の下を通り、信州峠に出る寂しい裏街道である。

例の様に上野駅から長野行き夜行列車に乗り、翌朝、軽井沢に着く。駅から北軽井沢の別荘地を抜け、八風山に向かう。八風山の三角点を抜けると牧草地になり、神津牧場に着く。

神津牧場に一泊。

神津牧場の乳牛はアメリカから輸入された。ホルスタイン種で、こくのある甘い乳で美味しかった。軽井沢の別荘地の外国人の為に輸入されたという。

荒船山は牧場から近い。名前の様に航空母艦の甲板のように平らな湿地で、高山植物が見事である。深く切り込まれた断崖は軍艦の舳先のように深く鋭く、中空に浮いた船のようにも見える。

帰りは上信鉄道の下仁田駅から高崎に出る。
障子紙の「小川」は埼玉県の小川が産地である。

搾りたてらしい牛乳を飲んで、おいしいと述べているのに驚愕した。記憶の中の父は、ミルクなど絶対に飲みそうもなかった。肉もほとんど食べなかったし、好物は豆腐。それにほうれん草の茹でたのとアジの干物、という感じだったが、若い頃は新しい味をためしてみる柔軟性があったか？　小川は今でも「和紙のふるさと」が街の名称、売りになっているようだ。

障子紙で思いだした。年末の障子張りはワクワクする素晴らしい日だった。この日、子供たちは無礼講で障子に穴をあけ、ばりばりとはいだ。普段は穴をあけると叱られた。だが、その穴は桜の花びらのように切った紙を貼ってふさいで、我が家の障子は、それなりにいつもきれいだったような気がする。あの桜の花びらを作ったのはおそらく父。祖母も母も、忙しかったか、あまりそういうことをしなかった、というか父が実にマメで、その上、美意識があったのだろう。

妹に確かめたら障子張りの様子を思い出し、細かく説明してくれた。障子紙をはがすところまでは子供もやったが、後は多分、すべてを父がやっていた。桟を外の井戸で洗い、干して、その後は家で障子貼り。桟に糊付けをするが、糊も家で作った。糊付けをすると下の段から障子紙を貼って行った。しわが少し寄ったように見える障子紙も、霧を吹くとまっ平らな美しい、貼りたての障子になる。圧巻は、その最後の霧吹きだ。父が口に水を思い切り含み、障子に向かって豪快に、何度も何度も霧を吹く。子供たちは息を詰めるようにして、父の口元を見た。紙は魔法のようにしゃんと伸びてすっきりとした障子になって、いよいよお正月が来るという気持ちにさせられた。それにしても、父はまめで、実に器用な人だった。あの霧吹きは、且つて反物の仕事をしていた時にしていたことなのか、聞いておけばよかった。

十國峠

熱海駅から梅林を抜けて峠をめざす。冬のさなかでも汗ばむほどに暖かい。現在は高級な別荘地に変わっているけど、戦前は滅多に人の姿も見かけなかった。振り返ると、大島や伊豆の連山が一望の内にある。

熱海から箱根にかけての山々には見上げる程の背の高い樹木は少ない。よく言う、芦戸の尾根ばかりで、所々に防火線がバリカンで刈ったように尾根を走っている。

何もない芦原に航空表示灯が立ち、送電線が走っているのがくっきりと見えた。十國峠とは、峠に立つと十か国が見えるので名付けられたと『伊勢物語』に書かれていた事を思い出した。

峠から芦ノ湖が目に飛び込んでくる。乙女峠の上に富士山を見た時の感激が忘れられない。金時山から双子小山への尾根の美しさ、宮城野も素晴らしい。湖水の右岸に見える箱根権現の赤い鳥居も「箱庭」のセットのように見える。

この箱根の山々も昔に富士山が噴火した以前に出来た大きな火山で、芦ノ湖はその火口だったと何かの本で見た事を思い出した。

最近、十國峠を湯河原から定期バスで元箱根に抜けた事がある。立派な自動車路ができていて、汗もかかずに峠に立つことができたが、峠の下から頂上までロープウェイが出来ていて、パチンコ屋から賑やかな音楽が流れていた。峠道は自分の足で汗を流してこそ、峠の良さがわかる。

それでも箱根の空の青さは昔と変わりなかった。

芦戸の尾根とは、芦、ススキなどが生い茂る尾根筋で、山火事等を防ぐため、それらを線状に刈ってあるのがバリカンで刈った頭部を思い起こさせる光景と思われる。父の若かりし頃、友人と山を、峠を歩いていたのかと思うとほほえましい。『伊勢物語』を読んでいたのかと思うと驚く。若い頃は読書家だったようだ。私達の為に、筑摩書房だったか、赤い表紙の日本文学全集と青い表紙の世界文学全集が定期刊行物として、復刻された時、本屋に予約をして購入してくれた。だが不肖の娘はほとんど読むこともなかった。父自身は『久保田万太郎全集』を買い集めていたが、老年にさしかかった頃、「読む気力がなくなった」と私に言って、思い切ったように処分した。

蓬峠

上越線の清水トンネルが昭和六年（1931年）に開通してから、谷川岳の岩場に誰も彼もが引かれた。そして東京から近い事でも人気が出たが、事故が多く、「魔の山」などと言われるようになった。

私達、リックサック倶楽部でも谷川岳を征服しようと意気込んで、川崎吉蔵、伊藤春吉、山崎武士、それに私と、四人は夜行列車で水上駅に下車した。

夜明け頃に一の倉沢と幽の沢の合流点の河原に着いた時、河原に立木を山の様に組み、墜死した人の遺体を荼毘に付している人たちを見いだした。朝霧の中に荼毘の白い煙が横に流れて、私達は何とも言えぬ気持になった。皆で枯れ木を添えて、ご供養をさせていただいた。遺体を荼毘に付していた人たちの中で、母親らしい人が「早くお帰りなさい。ご家族は心配していますよ」と言った言葉は今でも耳の中に浮かんでくる。

一の倉沢には登らず、幽の沢を登り、天神平に出た。天神平は名前の通り、上州側の風化した荒々しさはなく、蓬が群落する穏やかな峠路が越後方に続き、巻機山に流れている。

川崎吉蔵は『山と渓谷』の創刊者。伊藤春吉は軍艦「衣笠」と共に戦死した。

冬の後閑駅のホームから見える谷川岳の二つ耳（谷川岳は沼田市などから見ると猫のような双耳峰に見えるため、そう呼ばれる）の突起を見ると、「早くお帰りなさい、ご家族が心配していますよ」という女の人の言葉が今でも甦る。

このエッセイの中の同行者の名を見つけた私は、ただひたすら驚いた。「山と渓谷」は昭和三〇年代の半ばにはポピュラーな山の雑誌で、毎月、本屋さんに山積みされている感じだった。私も読者の一人だった。その創刊者、川崎吉蔵氏が父の幼友達で、一緒に谷川岳を登っていた！　その頃に今のような登山靴があったとは思えず、父は地下足袋だったのだろうか、と知りたいことが噴き出してくるのだが、常に遅すぎた、という思いが浮かぶばかりだ。

私は残念ながら谷川岳は登っていない。山岳部の中でも、岩登りを中心に登っている先鋭的な後輩たちが谷川岳の岩場に挑戦しているらしいとは知っていても、自分の力量には過ぎた山と思っていた。登山の黎明期ともいえる時に、尾根筋だと思うが父が登っていて、しかもそれから何十年も経って、冬の後閑駅のホームから見える谷川岳の二つ耳から昔を偲んでいるという。それは晩年の父の一人旅の思い出か、はっきりしない。一人旅派の父の血を、私も少し引き継いでいるという不思議な思いもあるが、とてもかなわない、とも思う。

峠駅

福島から米沢、山形に向かう奥羽線に「峠駅」と「板谷駅」がある。この二つの駅の近くに五色温泉がある。

五色温泉にスキーに出かけたのは昭和の初めで、日本で初めて越後高田の連隊(当時の連隊長は長岡外史)がシベリヤへの出兵の為にスキーを採用した直後だった。

ノルウェイ式といわれ、現在の二本のストックではなく、一本の竹竿のようなものでバランスをとった。私達の履いたのも、宿屋に備え付けのノルウェイ式であった。初めて履くスキーには、一同が四苦八苦した。

五色温泉(吾妻温泉の奥地の秘湯)の宗像旅館に泊まった。宗像旅館は前年の共産党事件で有名な宿でもある。宿の隣には皇室専用の「六華倶楽部」があった。手あぶりの火鉢の枠が昔の枕草子の版本であり、夜分の入浴は宿の女中さんとの混浴であり、何も知らない私達はただ驚くばかりだった。

その後、シュナイダーが来て現在のアルペンスキーに変わったが、私はその後、スキーには乗っていない。

山形新幹線が出来てから、峠駅も板谷駅も改築になり、楽しかった「スイッチバック（急峻な勾配を登るための方式）」も無くなり、「名物力餅」の売り声も消えてしまった。

父が一度でも日本で初期の頃のスキーを試しているのは全く知らなかった。スキーをしたことなど、一言も言わなかった。

昭和三〇年代後半から四十年にかけて、登山は大人気で、しかし大変なエネルギーを要するものであった。それに比べるとスキーは娯楽性が強い、というかレジャーの花形の感があり、冬になると色鮮やかなスキーウェアに身を固めた女性がゲレンデを彩っていた。

姉はスキーの道具一式を持っていて、私は一度それを借りたことが有ったが、彼女の方が五センチほど背が高く、私はそれに合わせたスキー板を使いこなせなかった。父がノルウェイ式とやらを試した如く、私も数回だけチャレンジしてみたが、手も足も出なかった。こつこつと山を歩いている方が性にあっていると思った。父にスキーを楽しむチャンスがもっとあったら……。いったいどうなっていたか、知りたいものだ。

スイッチバック方式で走っていた鉄路が残っている所を父が一生懸命指さし、私に教えてくれたことがあったが、いったいどこを走っていたか、思いだせない。鉄道には特に思い入れがあったようだ。こうした話を聞くのは私が主で、それでも身を入れて聞かなかったのを申し訳なく思う。でも、若いって、そういう事だとも思う。

大山　ヤビツ峠

お要さんは美しい人である。

若い頃は桃割れを結い、年頃になると島田を、そして長唄の名取でもあった。芝の金杉の「槌屋」染物店の一人娘で、私より五歳くらい年上のお姉さんである。そのお要さんたちと一緒に、私も父親に連れられて、大山詣でに行った事がある。

昔、職人たちは年季が明け、お礼奉公が終ると、一人前になったお礼に大山詣でをしたものである。白装束に行着を着た「講」の行者を先頭に、「六根清浄」と唱えながら阿夫利神社に参籠して無事に年季が明け、一人前になった事を神様に感謝する。

だがそれは表向き、古今志ん生の演じる「山詣り」のように、夜は賑やかな宴会になる。

私は小学生の頃、東海道線の平塚から乗合馬車にのり、煙草畑や南京豆畑ばかりの白々とした路を進んで、馬入り川（現相模川）を渡り、夕刻にはそれぞれの御師の宿に泊まった。

翌朝、まだ白々とした頃に、阿夫利神社に詣でる。明けきらぬ社頭から見た富士山、箱根、伊豆から大島までの一望は、子供心にも美しいなぁ、きれいだなぁ、と思った事は今でも覚えている。

今、小田急電鉄で渋沢近くになると丹沢山塊の一番左にひときわ高く見える山嶺が大山である。阿夫利神社を「雨降り神社」と記された案内書を見たこともある。それほどに雨の多い山でもある。神社には江戸消防組の納めた「参拝の記念碑」も沢山にある（どこの神社にも「講」に参加した団体の背の高い石の記念碑が多く見られるが、江戸消防隊程古いものが有るのは、さすがに大山の阿夫利神社だと思われる)。わずかの道のりで「ヤビツ峠」のバス停留所に出る。ヤビツ峠はどういう文字を書くのかと前から考えていたが、やはりヤビツ峠であった。(矢櫃とも書く)
お要さんは後年、銀座でも一、二を争う老舗呉服店「きしや」の妻女となり、婦人雑誌の表紙にも載り、タウン誌『銀座』にも時々執筆する才女だったが、最近故人になられた。先ごろ、大山からヤビツ峠を歩いてみたが、咲き誇る「うつぎ」の花の白さはお要さんにそっくりであった。

のっけから、「お要さんは美しい人である」と始まる父の回想に驚いた。若かりし頃、というよりは、子供の頃からの淡い想いをもった女性か? 住まいも近いようだし、お要さまの家は染物店、父の家は下絵師、どちらも着物などに関連した、同業者のような環境にあった。それにしても、父の、美しい物、美しい人、への熱い視線を感じる。後に、私はこのお要さまにお目にかかるチャンスがあった。美しい江戸言葉を話す方だった。
ウツギは「卯の花」の事。お要さまは私が高校生の頃、どうやって知ったのか、戦後移り住んだという高円寺にある我が家を訪ねてきてくださった。その時、私は偶然、家にいた。キッチン兼居間のささやかな我が家のテーブルを前に、お要様は父と話していた。父が若い頃、この方に憧憬に近い気持ちをもっていた、というのは何となく知っていた。

私が淹れたお茶を飲みながらの会話の一片を覚えている。「きいちゃん、もう一度、下絵師の仕事をやってみない？」。父の名は喜久雄。子供の頃から、「きいちゃん」と呼ばれていたようだ。

会話を聞きながら私の思った事は、「やった、これで貧しい生活から這い上がれる」という、高校生としては極めて現実的な事だった。戦後、激変したであろう社会に父はうまく対応できなかったようで、周囲の人たちと比べても、我が家は経済的に取り残されて行く感じがあった。しかし父の返事は、「もう、無理で」であって、私はがっかりしたのを覚えている。

冠松次郎氏

日本山岳会の、冠松次郎氏にお目にかかった事がある。

私達、リュックサッククラブで秩父の山の話を伺いたいとお願いした処、「いつでも私の家に来て下さい」とお返事を頂いた。本郷三丁目の藤村菓子店の裏に住居が有るとのこと。

田部重二氏と共に、日本を代表する山岳人を代表する方を訪問するのは、私達にとっていささか肩のはる経験になった。

本郷三丁目の電車通りから、細い路地を奥に入ったところに、丸い電灯の笠に「冠」と書かれた入り口があった。「質店　冠」と染められた暖簾がかかり、格子の奥には蔵があったような気がする。その前に冠さんが立たれ、私達を迎えてくれた。

この人が冠さんかと思う程の華奢な体に、唐桟の着物を着てにこやかな姿は新派の井伊容峰（新派初期の名優。美男子で知られていた）にそっくりだと思った。私達、まだ二十歳前の経験のない者に、優しく山の話をしていただいたけれど、何を教えていただいたのか、今は思い出せない。ただ、「山へ出かける勇気と同様に、引き返す事の勇気も大切」と言われた事は今も私の耳に残っている。

本郷も「かねやす」までは江戸の内、と言われるが、堀部安兵衛が書いたという看板の下がった「かねやす化粧品店」の前で市電の来るのを待っていた。

あまりに遠い昔のことである。


冠松次郎様にお会いした！

これを読んだ時の、私の驚愕がどれ程であったか。

高校山岳部に入部し、山、山、山、で過ごした高校時代、山に行くだけでなく、学校の図書館で山に関する本を漁るのも楽しみのひとつだった。山の蔵書の中の、登山の第一期黎明期を築いた方の代表格が冠松次郎氏だ。その人に若かった父やその友人たちが接するチャンスがあったと今知った感動は大きい。図書館の本で知る登山家に感動する事があっても、あの当時、父とそうした会話を交わすきっかけは残念ながらなかった。もしあったとしても、若かった自分に父の話に耳を傾けるだけの素直さがあったか。今、知るチャンスがあったのをただ感謝しておこう。

冠松次郎様にお会いしたサンシャイン旅行会の面々は、夏山を目ざした。燕岳だ。父もその一員となる。

燕岳へ

新宿発午後十一時五十八分松本行き。

この列車は戦前から戦後まで続いた中央線の最終列車で、当時の始発駅は飯田町（現在の飯田町貨物駅）であった。

私がサンシャイン旅行会の諸兄と、有明、中房温泉、燕岳、白馬、槍ヶ岳、上高地のコースに一緒したのは、まだ二十歳前の盆休みだったと思う。当時、四，五日の山行には金十円のお金を用意しなければならない。十円は大学卒業者の月給が三十五円くらい、大工の日当が七十銭の時代である。

だから旅費の用意は半年も前から、毎月、一円、二円と貯えていた。早く父親に死なれて学校に行けず、家業についたので、体育とか軍事教練など知らなかったので、山へ登る体ができていなかったかもしれない。

飯田町駅に集合したメンバーは、リーダーが川崎吉蔵、他に仁上春吉、福山岳次郎、山崎武士に私。

夜行列車に乗るのは初めてで、新宿駅から列車は満員になり、大勢の人は席もとれない。当時の列車には冷房もなく、窓から煙が入るという具合で、それでも楽しい夜行の旅になった。

松本で夜明けの町を散歩。当時は私鉄だった飯山鉄道（今も廃線を免がれている）に乗り替えて有明駅に下車した時には、私の体には夜行列車で寝られなかった疲れが出てきた。

夏の日差しの中を、朴の木峠を越して中房温泉に着いた時には完全に伸びてしまった。計画通り中房温泉には泊まらず、合戦沢を登り、燕山荘（つばくろさんそう）までが第一日の行程と言われた。私だけ中房に泊まりたいと思ったが自由行動は駄目で、草いきれの激しい合戦沢を登り、燕山荘（つばくろ山荘）に着いたのは夕方になってしまった。

その夜の山荘の様子なぞ、今では想いだす事も出来ない。

翌朝、体の調子は元に戻ったけれど、喜作新道から白馬、槍ヶ岳のけわしい山々の尾根を見た時、私には上高地まで歩く自信はなく、一行に分かれて中房に戻った。

燕から槍までのキラキラと光る光景が見える喜作新道の厳しい姿は今も忘れられない。

それ以来、私は三千メートル級の山には一度も出かけていない。
現在、新聞雑誌には「上高地」と書かれているが、昔の五万分の一地図には「神高地」と書かれていたことを書き添えておく。

まず目に飛び込んできたのは、「新宿発午後十一時五十八分松本行き」という名称だ。私が山に熱中していた昭和三十年代後半から四十年代前半にかけての頃、夏山合宿に行く人たちのほとんどがこの列車を利用していた。土曜の夜行列車は登山者と彼らの三十キロ以上もあるリュックサック、当時はキスリングと呼ばれて横幅の広い物だった、でいっぱいだった。土曜日の新宿駅は昼前からこの列車に乗る登山者たちの列が、当時ゼロ番線ホームと呼ばれていた普段は使われていないホーム（その後、埼京線になった）にできていた。真夜中にやっと列車に乗る時の阿鼻叫喚はすさまじいものだった。

私達もいつもこの行列に昼ごろから並んだが、一度は列車が満杯の感じでホームのドアから入ることもできず、先輩の切羽詰まった声で重いザックを背に階段を駆け上がり、列車の隣のホームに移って線路に飛び降りてホームと反対の窓から乗り込んだ記憶もある。線路から列車の窓への高さと言ったら大したもので、三十キロのザックを背負った我が身を誰かが押し上げてくれて、やっと乗れた。

列車の中は登山者で満ち溢れていたから、私は登山専用列車だと思っていたが、父の若い頃からこの列車が有ったとは！

父が乗った時も満員だったとか。当時は登山者は滅多にいなかっただろうから、「生活の為」の、庶民に利用されてきた列車だったのか、と妙な感動を覚えた。ともかくあの混雑だと熟睡は無理だから、父の疲労もわかる。私達が利用していた頃は登山者専用列車の感があったから、結構楽しんで、座席の下のスペースや通路の床で体を伸ばして寝たし、網棚をハンモックのように優雅に使って寝ていた下級生もいた。だが、一般客が乗っている列車ではそんなことはできなかったろう。

そしてその翌日の苦行の果に、父は諦めるのだが、まだ上高地にもついていなかった！

私が山に夢中になっていた頃は、松本に列車が着くと、すぐにバスで上高地まで行った。まだ暗い内に着く上高地には大きなバスターミナルがあったのだろうが、私達にとっては通過点であまり記憶にない。到着したら、観光客が優雅に河童橋を渡っているのを横目に眺め、槍ヶ岳への登山道をザッザと登山靴で登り始めるばかりだった。父が諦めた登山のスタート地点の喜作新道とは聞きなれない名前だ。調べたら、なんと現在の「表銀座」と呼ばれる北アルプスのメインのコース、燕岳から槍ヶ岳に通じる登山道だった。

山への夢はもっていても、実際の父の生活は子供の頃からの友人川崎吉蔵とは雲泥の差があった。「きっちゃん」と呼んだ友は大学まで通い、日本の登山の第二黎明期を築き上げてきた。片や父は頑健な体を持った人だったが、登山の為のトレーニングの機会などはまったくなく、一緒に行動する事自体が無理だったのだ。無念の涙をのんだ父の気持ちを想い測ると、こちらまで涙が出そうだが、それでも遙か彼方の燕岳から槍ヶ岳の稜線の美しさを見る機会があって、本当によかったと思う。

父が山を思う気持ちを持ち続けてきたのは、私の中に秘かに引き継がれたのだろうか。

私は「山」などという物は全く知らず、子供の頃から運動は大嫌いだったのに、中学三年生の時に嫌々ながらに近い気持ちで東京都の「山の自然科学教室」に参加した。させられた気分だった。そして八方尾根を登り、世の中にはこんなにも美しい所があると頭に鉄槌を下されたような感動を憶えた。そして高校に入学したら「山岳部に入る」、という無鉄砲とも思える決意をした。

入学後は山、山、山、の高校生活を送るようになった。部のトレーニングは放課後にまず、マラソンを四キロ走り、その後、校舎の三階までの外階段を百回駆け上がる。更に三十キロのザックを背負って階段を十回往復するというものだった。勉強はそっちのけで山岳部のトレーニングに明け暮れる三年間を過ごしたのだが、面白いことにそのきっかけになった「山の自然教室」への参加を決めたのは、山とは全く関係もなさそうな、私の母だった。

母の意図は未だにわからない。仕事で忙しくて子供の事など気にかけている暇もなさそうだったが、子供の頃からの内向的な性格がますます嵩じてわがままで反抗的だった二女の私を気にしていたのか。母のこの時の決断を、本当にありがたく思う。母自身は山の自然教室の事を全く覚えていないと後年、言っていたが、私は忘れない。感謝している。

そうして、父が登れなかった槍ヶ岳を私は山岳部部員として、高校三年の夏山で登っているし、穂高岳は卒業後、ＯＢ会に入って初めての秋の山行で、燕岳はそれから何年か経った、春山で登っている。

　燕岳への出発点がどこだったか、記録も残していないし、記憶も定かでない。ただ、この五月の春山シーズンは前半は好天、後半は記録的な悪天候になった。初日、薄曇りだったので私たちはうっかりと、ゴーグルを利用するのを失念した。二日目、稜線近くまで来ていたのに全員が雪盲（強烈な紫外線が積雪の反射光線角膜に炎症を起こす）になり、行動不可。好天の中、テントで虚しく寝ているより他なかった。三日目は霧が深く、雪も吹きつけ、視界が効かなかった。私の記憶も、目の前にのっぺりと白い山がもやに包まれたようにそびえ、その雪の中を必死でラッセルし、途中で予定を下山に変更して何とか上高地に辿りついたことを覚えている。その時、上高地には遭難し、収容された遺体が何体も並べられていたと後から聞いた。上高地から松本へ戻るバス路も雪崩でふさがれて使えず、真夜中、急遽、岡谷へ出る廃道になっていた峠を切り開いた所をたくさんのバスが通って、なんとか中央線に乗って翌日の早朝に新宿駅まで辿りついたのを覚えている。国鉄や地元の方たちが真夜中にどれ程の努力をしてくださったか、今頃、感謝の気持ちが湧き出る。

　私自身は初めの日の好天で雪盲になり、更に雪焼けがひどくて顔中に大きな火ぶくれができているのは判っていたが医者になど行ける筈もなかった。火ぶくれが翌日は強烈な日に焼けるのを只、我慢していた。帰りの夜汽車の座席で前に座っている人が、目を覚ますたびに恐怖の目つきで私を見たから大分ひどそうだとはわかったが、早朝に自宅に帰ったら、母、祖母、妹がワッと泣いたのを覚えている。きっと火ぶくれがそのまま固くなって、ガマガエルみたいになっていたのだろう。合宿の為に一週間の休暇をとり、その上に又、一週間近く会社を休んで皮膚科通いをせざるを得なかった。

半月峠

ハンゲツ峠と読む。

この可愛い峠の名前を見つけたのは二十万分の一の地図、「日光」の中からである。

戦後の何年頃かは覚えていないけれど、日光の町には電車が走り、白黒のフィルムがやっと手に入るようになった頃である。

日光の町には、田母沢（タモノザワ）御用邸があり、日光塗、日光湯葉、それに古河鉱業と東照宮が町の中心になっている。なだらかな坂の町を大谷川（ダイヤガワ）に沿って電車が走り、神橋の手前が電車の終点、「精錬所前」になっていた。

「いろは坂」は上らず、由美道を華厳の滝を目ざす。瀧の落ち口から右に中禅寺湖を、左に立木観音を拝み、菖蒲ケ浜のフランス大使館別荘の手前から狸坂（マミザカ）を通り、峠道に入る。

背中に男体山、戦場ヶ原、金精峠を見て、上り詰めた処が半月峠である。峠には霧を含んだ露藻が木々の枝にかかっているが、足尾川に入ると徳川時代から堀り続けてきた山には、草も木も無い。死んだような足尾銅山が目に入ってきた。

明治の頃、明治天皇に直訴した田中正造と言う人の足尾鉱毒事件を思い出す。

足尾線の終点は間藤（マトウ）で、積み出した銅を運ぶ小さな貨物列車が渡良瀬川にそって、桐生（と思われる）まで走っていた。

間藤駅で土地のおじいさんたちが、窯で手作りの皿などを焼いていたが、私も仲間に入った。

再度足尾を訪れた時は、足尾線は「わたらせ鉄道」と変わり、魚も住まなかった酢川（スガワ）もダムができて魚が住むようになったという。帰りは村営バスで日光に出た。
日光駅から見た、男体山と大直名（オオマナ）山、小直名（コマナ）山のシルエットは美しかった。

この旅をいつ頃したのだろうと疑問が噴出した。戦後もしばらくして、とある。「死んだような足尾銅山」を見ているのだから、かなり以前の事だ。晩年の一人旅は家族誰もが知っているが、それ以前の記憶ははっきりしない。家族を残し、会社を休んで旅をしていたのか、それとも休日を利用してせっせと旅をしていたのか。父親が旅で不在だったという記憶も無いから不思議な感じがするが、ともかくよく旅をし、それを覚えているのに驚いている。

父のエッセイは、「足尾行き」をもって終わっている。今、読み返しても、その卓越した記憶力に驚き入るばかりである。

父が書きしるした記憶のその先、「家庭人」としての父親像を辿っていきたいという思いが、思いがけず湧き出た。

娘の目に映った父の姿——下絵師ってなんだろう?

父と三人の娘。姉、私に妹。それぞれの目に映る父親像は違った姿をもっていたと思うが、若い頃は親よりも、「自分の世界」が忙しくて、親を客観的に見る事も少なかった。父の遺してくれたエッセイを読み直して、少しずつ記憶の中の父が浮かび上ってきた。我が姉妹が、父の遺した「雑書き」と私の記憶の中の父の両方を読んで父を偲んでくれたらうれしい、と思っている。書き溜めてきた自分のエッセイを読み直してみると、父だけでなく、思いがけず祖母の事も多くて、反発しながらも自分の中に受け継がれている「我が家」の歴史を辿る時間になった。

母の姿は? と妹から疑問が呈された。母は……。スカーレット・オハラのような人だったなぁ、と今でも思う。美しくて明るくて、戦後の混乱の中ですっくと立ちあがって働きだした。よそのお母さんとは全く違っていた。実際に『風と共に去りぬ』の本邦初公開の映画を日比谷の映画館で見た時、私はひそかに、「作者はどうして我が母の事を知っているのだろう?」と思った。

その上、母は私が高校生の頃に、一念発起して我が家を改築、というよりは大々的に新築したのだ。上階は六畳とキッチン付き四畳半の貸間四部屋、階下は七人家族用の広さの我が家と貸間一部屋。外から見たら、けっこうな大きさの家だった。以後はその資金の返済に、しゃにむに立ち向かっていた。後に立て直しの理由を母に聞いたら、「建て増しをしたとはいえ、戦後のあの小さな家から娘たちを嫁に出せない！」と突然思ったからだそうだ。資金もろくにないのに、よくまあ、と感嘆せざるを得ない。

私が小学校に入学する前から母が働き始めた。丸ビルの中の会社。スーツ姿の母は弟の「あこがれの母」だった。

明るくて前向きだった母と、母に引きずられた感じの温厚な父と。我が家での二人の役割は次第に逆転していった感じだが、結局、つり合いの取れた夫婦だったか？

晩年、母の友人たちが遊びに来ると、口々に手のかかる夫の世話の愚痴話が始まる。ところが我が家は父がニコニコと母の友人たちを招き入れ、自分はキッチン兼リビングの部屋で一人ビデオを楽しみながら裏方さんよろしく、お茶やお菓子の用意なども慣れた様子でしていた。働きづめだった母が晩年に、「今が一番幸せ」と笑顔で言ったのを、心ならずも紆余曲折した人生を歩んだ父の名誉の為に書いておきたい。

父が戦後、下絵師の仕事を断念して、慣れぬ会社員生活を送ったのを、私は戦後の生活で着物を着る人など激減したからだろうと推測していた。高校生になった頃だったか、下絵師という仕事がわからなくて、祖母に「染物屋さん？」と聞いた事が有るが、「違う」と少し説明をしてくれた。だが実際にどういう仕事だったのか、よくわからなかった。下絵師という仕事自体が戦後の日本にはほとんどなくなったせいもあると思う。今思うと、厳しい祖父の見る中、父と祖母は下絵師の手伝いとして働いていたことになる。

祖母はおそらく結婚して初めてそうした仕事に関わったのではないか？　確かめる

すべもないけれど、大変な人生であったなぁ、と改めて思う。祖母の言葉では、自分の夫になる男性に初めて会ったのは祝言の前の日。その日から生活は激変し、子供が生まれるとまだ幼い息子と一緒に下絵師の下働きをしたのか？　我が父にしても、そうした技をその叩きこまれた父親は自分が十歳になるころには病に倒れたのだから、その後、二人でよくやって来たものだ。昔話を時折した祖母だが、私が聞いたのは戦災や震災の話で、家業の話は聞いたことは無かった。私も幼過ぎて、疑問のひとつも出てこなかった。

後年、父の従妹にあたる叔母から「戦災で版絵が全部燃えて、再開は無理だったと思う」と聞いて、下絵師を断念した父の決断を納得した。自分で新しい物を描くだけでなく、江戸小紋などとは又違った版絵の世界もあったのか、知りたいと思った時には聞く人がいなくなっていた。

今は別の疑問も出ている。果たして戦後、家業となった下絵師の仕事を失った父はどう思ったか。失意の人だったのか？　あのまま続けていれば、人間国宝にでもなる程の腕だったと父の従妹から聞いたのはいつだったか。だが、大変な仕事から放たれて、ホッとしたものもあったのではないか。お父さん、昔の事は何も語らず、穏やかな人だったなぁ、でも、心の内には記録しておきたいという気持ちがあって、こうしてせっせと「雑書き」を書き残したのだろうか、と思いつつ読んでいる。

且つて着物を家業とした家に生まれたにも関わらず、私自身は戦後の事だし和服をほとんど着なかった。会社勤めを始めた若かりし頃、初出勤は振袖、と暗黙の了解のような世間のしきたりがあった。私は初めの年は自分の給与で、布地を探して縫ってもらった柔らかい感じのさび紺色のスーツで出勤した。翌年は姉の振袖を拝借。当時流行っていた花柄がたくさん描かれた物だった。三年目は自分の和服に挑戦、と生地探しから始めた。皆と同じようにならないように、沖縄の紅型風のものにした。ほとんどの人が振袖を着ている中で、敢えて袖も短めにした。おしゃれな母から褒められたのが懐かしい。帯は姉の素晴らしい黒地に金の松が書かれた物を拝借したような気がする。辿っていくと、女性はこうした事を、事細かに覚えているものだと我ながら驚いている。

その次の年は思い切って無地の淡いブルーの綸子。これも袖を短めにした。これで私の着物遍歴は終わり。登山の方が忙しくなって、着物にお金をかける気持ちなど雲散霧消の形になった。

それにしても、父は娘三人の晴れ姿を見て、どんな顔をしただろうと知りたい気持ちが出て来るが、思い出せない。

私のささやかな着物遍歴は早々と終わったが、美しい和服やその生地を見るのは好きだ。高円寺の駅から自宅へ帰る途中、今はもう無くなってしまったが、高円寺では一、二を争う呉服屋があって、そこのショーウィンドウに飾られたお召を見るのは大好きだった。和服関係の仕事をしてきた祖母や父の血がわずかに、私の中に流れているのか、渋いお召や、華やかな振袖や、お値段は目が飛び出るほどだったが、やはり良い物は良い、作った人の気持ちが伝わる、と血が騒ぎ、惚れ惚れと見入ったものだ。

父の昔の仕事関係で覚えていることが一つ有る。私が四十代の頃、浜松町の駅から少し離れた、当時の超高層ビルにあった外資系会社でパートタイマーとして働いていた。土曜日は半ドンと知った父が、そのビルからさして離れていない、表通りから少し引っ込んだ呉服屋への伝言を私に頼んだ。昔の知り合いらしく、伝言は時候の挨拶程度の事だった。店にいた、私の祖母程の年配の方の言葉の美しさに感嘆した。ホンの短い間だったが、ああ、これが江戸言葉、ちゃきちゃき言葉で知られる江戸っ子言葉とは全く違う、雅な言葉が今も使われていると実感した。思えば高価な反物を扱う人達の顧客はそれなりの地位の有る人たちだろう。美しい言葉が当たり前に使われている世界。父はあれを私に見せ、いや、聞かせたかったのかもしれないと思った。一瞬の間だったが、忘れがたい経験だった。

「手紙」で、父と語る

私が高校生の頃、我が家は暗い家になった。それまで父は家庭的な人だったのだと思うが、夜遅くに酒気を帯びて帰宅し、黙って自分で布団を敷き、何も言わずに寝てしまうようになった。

初めて見る父の姿に祖母も母もなす術もない感じだった。外から見た我が家は、相変わらず七人家族の穏やかな家に見えたと思うが、次第に経済状態はひっ迫して行って、父は追い込まれた気持ちになっていたのだろうか？

結婚を申し込んだ時、「苦労はかけない」と母に啖呵を切ったそうだ。「下絵師」としての自信があったのだろう。だが、戦争で父の拠って立つ処は消え失せた。高校生だった私は、父が戦前どういう仕事をしていたか知らなかったし、失意の人だったという認識も無かった。祖母も両親も、愚痴をこぼしたり、過去を懐かしんだりすることを子供たちの前でする事は全く無かった。ただそれでも私は、お父さんは戦後の世界に対応できない人なのだなぁ、と醒めた目で見ていたような気がする。

いずれにしても、現状を何とかしなければいけなかったのだろう。

父は生命保険会社に以前から勤めていた。母の身内の圧力もあったか、父は保険会社勤務の傍ら、東京電力の集金もしばらくしていた。外でどんなことが有ったかは知らない。ただ、夜遅くまで集金することもあったようだ。思いもよらない事態からの現実逃避か。父はお酒に助けを求め、家族との交流すら拒否していた。

暗い高校生時代、あの頃、祖母も母もなす術がなかったのだろう。ではどうする？私は父に手紙を書いた。細かい事は覚えていない。ただ、「お父さん、どうしたのですか……」から始まり、皆の気持ち、私の気持ち、など必死で、二ページほどの手紙を書いて父にそっと手渡した。それがどうなったかは判らない。我が家の生活はやがて元に戻っていったのだろう。

長い歳月が流れ、父は孫に囲まれる好々爺と言える年になっていた。ある時、私が実家にいて父のそばを通った時、ぽつっと、「あの手紙はこたえたよ」と言った。会話はそれで終わって、私は一瞬、何事かと思ったが、ああ、あの手紙、父の心に届いていたのだ、と思った。

書く事に助けられ

我が人生を振り返ると、「書く」ことに助けられてきたなぁ、と思う事が幾つか有る。

初めて「作文」を書いたのは小学校の四年生の時だ。課題は「遠足」。私は乗り物酔いがひどく、友達遊びも苦手で不参加だった。同じような子が何人かいて青梅街道に近い女の子の家に集まり、静かに遊んだ。その一日を書いたら先生に褒められ、私の作文を教室で読んで下さった。皆が、初めて私の存在に気づいたみたいで、ちょっと嬉しかった。友達と話すのは苦手だけれど、書けば人とつながれる、とあの頃に自覚したか？

中学の国語教師も作文指導に熱心だった。当時の「綴り方教室」の影響を受けた先生だったか、個人的な作文だけでなく歴史の資料に対する是か非かなどを書かされ、これも褒められ、教室で読み上げられた。しかし日ごろ余り褒められた事のない生徒が褒められると、何が起こるか？

「もっと上手に書かなければ」と思った時から無心で書く事が出来なくなった。それに高校受験も目の前にあった。「作文」に頭を悩ます機会はなくなった。

それから何十年も経ち、思いがけない「書く」経験が怒涛のように襲ってきた。夫の二度目のアメリカへの転勤でコネチカット州に住んだ私は、コミュニティーカレッジで学び出した。州立の二年制大学にあたる。外国人向けの簡単なクラスから始めたが、アジアや南米からの若い学生仲間が幾つものクラスをとり、卒業を目指しているのを知って、私も恐る恐るその仲間入りをした。いずれは「アメリカ文学」のコースに進みたいと夢見た。まずは大学レベルの「書く」クラス、「読む」クラスをパスしなければ文学のクラスをとれない。アメリカ人と同等の理解力と速度を求められる。文学だけでなく、自然科学や社会科学のクラスでも色々な出来事に対しての説明や、自分の考えを書く事が求められたから、「読解力」と「書く力」は極めて重要だった。難しい課題に足掻いて、努力をしていると、アメリカの学生にも教授たちにも、好意的に受け止められて、私は中年外国人主婦学生「マサーコ」として充実した日々を過ごした。

私のエッセイは文法的誤りが散見されるが、違った視点をもっていて面白いという評価をいつも貰っていた。それに、小中学校で、母国語で作文を書いていたのが、外国語で書く時にも役立っていると実感した。

大変だったが、英語のサポートをしてくれるアメリカ女性も見つかり、二人三脚の様な心満たされる日々を過ごしていた。その平和な一瞬が突然壊れ、私の周囲には「目に見えない壁」ができた。当時、日本は世界でも一、二を争う経済大国となり、繁栄を享受していた。片やアメリカの経済は地を這う如くだった。そんな時、日本の某大臣が「アメリカ人は怠け者（レージー）」と言ったと報道された。その一言でアメリカ中が怒り狂った感じになった。経済低迷の原因を日本にぶつけるように、燃え上がった炎だった。西海岸では日本人に間違えられた東洋人が一人、殺されたと報道された。私の周りの教授や友人たちも、怒りやわだかまりの矛先をどこに向けてよいのか、と苦悩していた。私が「アメリカ人はレージー」と言ったわけではない、とわかっている。でも、不快な日本の政治家への怒りのやり場が無い時に、日本人の私がそこにいる。外国に住むと、否応なく、国の代表のようになってしまうことがあるが、私はまさしくそういう状況に陥っていた。

「私はそんな風に思っていませんよ」と周囲の人をつかまえて言ったって何もならない。考えた末、自分の考えをまとめて、つたない英語だが手紙を書いてみた。「大臣の発言を申し訳なく思っている事。自分も、ほとんどの日本人もそんな風には思っていない。必要な事は互いに理解し合う事で……」。そして当時とっていたクラス、アメリカ文学の女性教授に相談した。学内紙のような物に投稿できないか、と。

こちらからの働きかけに彼女はとても喜んでくれて手紙を添削してくれ、すぐに学内誌への投稿を手助けしてくださった。効果はてきめんだった。こちらからの働きかけに、見知らぬアメリカの学生たちが反応してくれ、周囲の目に見えない壁が思いもかけない速さで消えた。書いて、伝える事の力を実感する一瞬だった。

あれから又、長い年月が経ち、私は今、母国語で、気持ちよく書き続けている。父と話しているような気もするし、母や祖母と話しているような気もする。夫が旅立って、一人暮らしをしていても、いつも書く事、学ぶ事を力づけてくれた夫の存在も感じられ、寂しさは無い。書くって、ありがたいことだ、と思っている。父を真似て、私も子供の頃からの思い出をつづっている。

何もわからなかった

子供の頃って、なんと無意識に日々が過ぎて行ったことか。何もわからなかった。『ALWAYS・続三丁目の夕日』を見ながら、つくづくそう思った。私が育ったのは杉並区高円寺。山の手、と言うには、あまりにものどかな、田舎の様な町だった。けれど自分の子ども時代が映画の画面と重なるのを感じるたびに、ああ、私は戦後すぐの時代を生きていたのだ、と目を丸くした。

雨が降るとぬかるむ土の道。原っぱがまだ残り、薄暗い電柱の灯だけだった夜。捨て犬がいた路地。タバコ屋さん。月見草の花がゆっくりと開く夕方。

母の実家の大森から連れていってもらった羽田空港。大鳥居。フェンスのむこうは、茫漠とした原っぱだった。ヨモギ摘みをすることもあったそうだ。全てが子供の頃の懐かしい風景なのに、戦後の荒廃から立ち直りつつある町だったなど、子供には知る由も無かった。

私の中の大切な風景は、父や母、祖母にとっては、突然対峙せねばならなくなった厳しい日々だったのか？　映画の中でもインフレに心を痛める子供が出てきたが、初めてその言葉を聞いたのは小学校に上がる頃か。油を買いにやらされて、帰ると祖母が「又、値上がりして、インフレが……」と嘆いていた。それでも「民主主義の世の中だ」という希望に満ちた大人の言葉も記憶の中にある。

重なる風景がたくさんあるのに、肝心の東京タワーそのものが私の思い出の中にない。タワーが完成したのは昭和三十三年。私は十四歳。中学生になっていた筈だが、完成のニュースも工事中の事も記憶にない。離れた町に住んでいたのだから、知らなくてもおかしくはない。一般家庭へのテレビの普及はこの頃で、私はニュースを聞く習慣も無かったのか？

いずれにしても父はあの辺りで子供時代を過ごし、戦争が終わるころまで住んでいた。思い出の町の変遷に、好奇心あふれる父が無関心だった筈はないと思う。東京タワーの話をした事はあったが、私が素直に耳を傾けなかっただけなのか。

健脚で、何事にも興味津々で、いつもせっせと歩き、旅をしていた晩年の父。けれどもそれ以前の父を私はあまり知らない。自分が生まれた町を見たい、と言った私に、あまりに変わって何もわからない、と取りつくしまも無かった。

映画を見ながら考えた。「三丁目の人々」とおなじように、父は工事中の東京タワーを夢をもってみていたのだろうか。

七回忌もとうに過ぎた今頃、聞いてみたい、知りたい、と切実に考える。

粋な年賀状

年の暮れ、親の家を訪ねると、年賀状作りに精出す父の姿がいつもあった。幼かった姪たちが残していった古い絵の具と筆で、思いもよらぬ意匠の年賀はがきが出来上がる。今年はどんなものが作られるのか、いつも楽しみだった。

自分の分、妻の分、と全て引き受け、相当数の年賀状が毎年、暮れになると描かれていく。絵の具が乾くまで、テーブルから床から、並べられていく。宛名もハガキに添えられる言葉も、すべて父の手書きだった。

手書きの年賀状を書いていると知ったのは、結婚して初めて迎えた元旦の朝だった。表書きには姓の変わった私の名が父の手で書かれていた。裏を返すと謹賀新年と筆で端正に書かれた字に重なって、見慣れぬ図柄が描かれていた。

どこかで見かけたような……。長唄の家元の叔母から時折送られてくる、小粋な引き出物の手ぬぐいを連想した。戦前は染め物下絵師だったという父の姿が初めて浮かんできた。戦災で焼け出され、何もかも失ったという家に、着物や絵を連想させるものは何も無かったが、記憶の中には残っていたのか。毎年送られてくる年賀状は古い昔を偲ばせ、それでいて新鮮だった。

私が結婚する前も、父は手書きの年賀状を書いていたのだろうか？　と、今頃になって考える。子供の頃の見知った父は、戦後の生活を生き抜くために必死で働いていたのであろう。手書きの年賀状を描くゆとりなどあったとは思えない。子どもたちが巣立ち、余裕ができてから始めた事か？　あれからどれほどの、父からの年賀状を受け取ったか。一年もすると処分してしまう年賀状だが、父からの物は何枚か、手元に残っていた。それは姉も妹も同様だった。

かすかに思い出す祖母の昔語り。暮れも家中に反物が積まれ、寝る間も無く働いたとか。寡婦の祖母も、父もお正月の支度など思いもよらず、忙しく過ごしていたのか？小松菜と里芋だけの簡素なお雑煮。母の煮たお煮しめは母の里の味で、では我が先祖はいったいどんな正月を過ごしていたのか。

半紙で松の枝の中程を巻き、そこにしめ飾りをかけられただけのスッキリと潔く見えた門松。知りたいと思った時はもう遅く、霧に包まれた「昔の我が家の年越し」に思いを馳せるだけだ。

「三井家の昔の年越し」について、叔母（父の妹）が思いがけない情報をのこしてくれていた。「父（私の祖父にあたる）は仕事の面では厳しい人でしたが、一方、頼まれると快く受ける人でした。お祭りなどの話が有るとすぐお神酒所に寄付をし、『れん』を奉納したりして、自分も先がけになって喜ぶ人でした。お得意と一緒になってお相撲（力士）を呼んでお餅をつき、四斗樽のこもかぶりの上にお正月のお飾りをして、正月には下職さんや仲間を呼んでご馳走するのが大好きで、七草まではお膳の上が片付かなかったそうです」

簡素な、という私の記憶とはかけ離れた生活があったようだ。

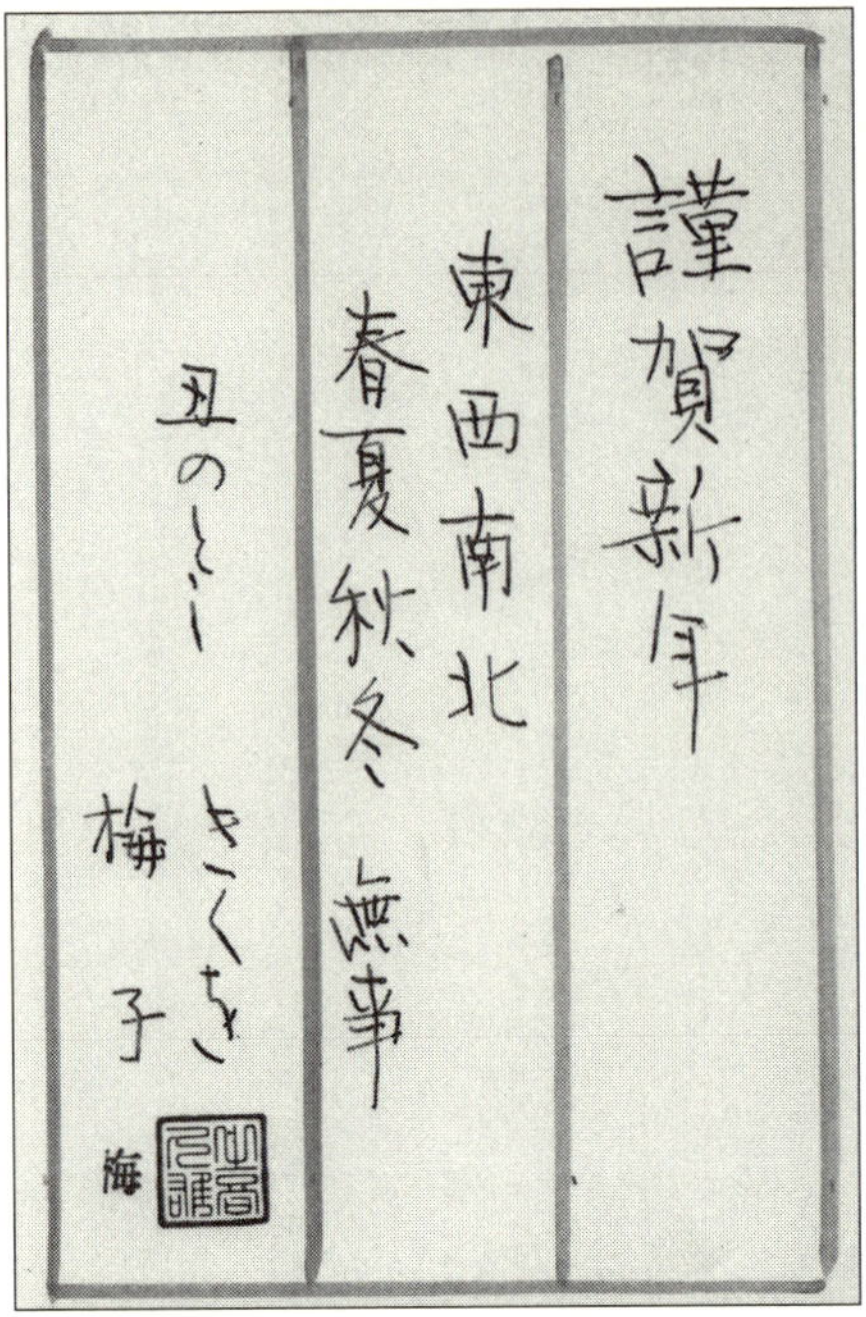
謹賀新年
東西南北
春夏秋冬 無事
丑のとし
きくち
梅子
梅

賀新春
いぬのとし
元旦

献寿
さるのとし
きくち

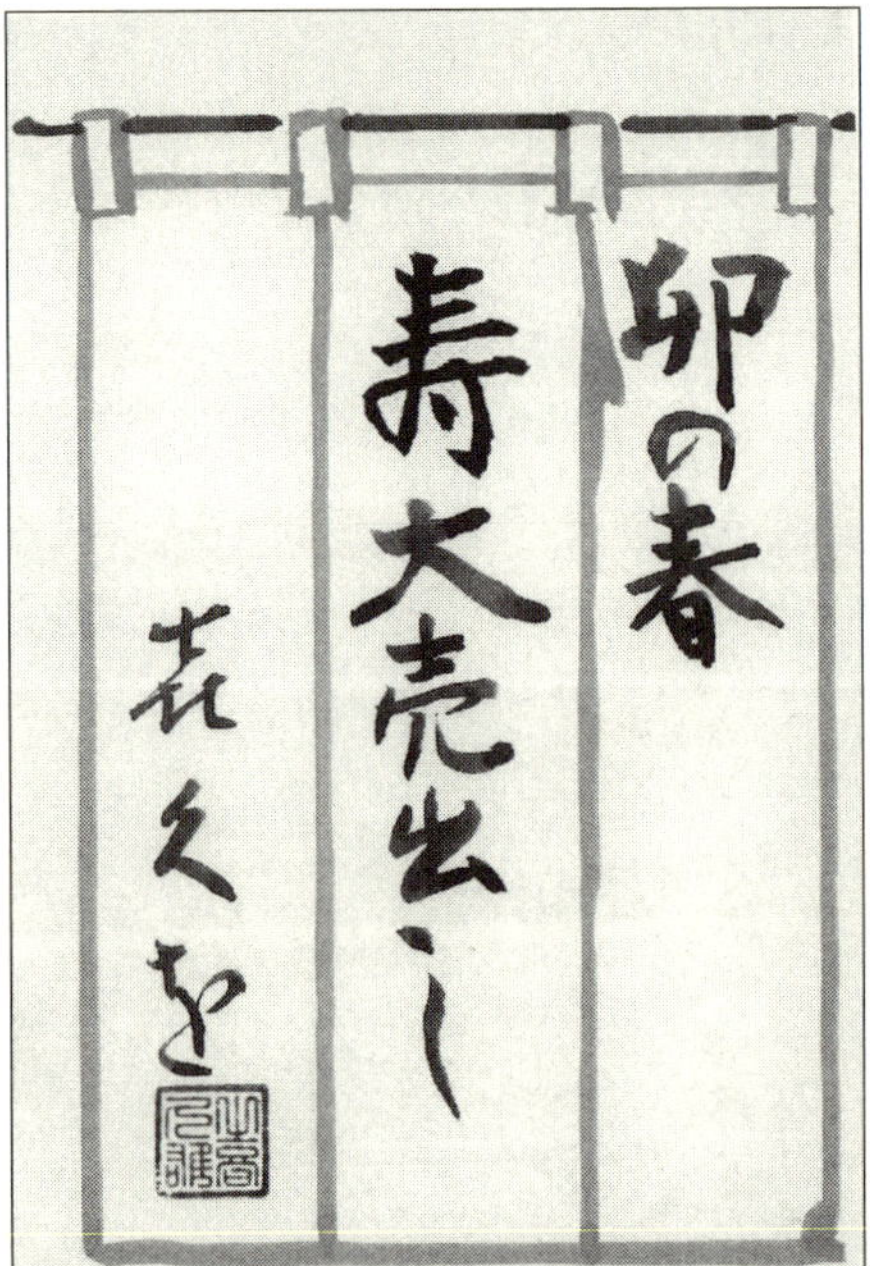
卯の春
寿大売出し
㐂久ち

せんべいぶとん

一〇月になると、さすがに少し心もとないと思いながら、未だに夏がけふとんで寝ている。

合いのふとんを日に干してから、と自己弁護しているが、大規模補修中の集合住宅ではかなわぬ夢だ。ただ、コンクリートの家の真ん中に寝ていると、寒さを感じない。敷ふとんもマットレスも年代物で、まったく「せんべいぶとん」さながらだ。

お父さんにそっくりになったと苦笑いしながら、毎晩ふとんを敷いている。

「殿様ご一行のお泊りだ」

若かった頃、親の家に泊りにいくと、両親がそう冗談を言いながら、敷きふとんを三枚重ねて敷いてくれた。

「ご苦労」

夫は図に乗って甘えていた。転勤でアメリカの分厚いベッドに慣れた身にとって、親の家のふとんは硬かった。「婿殿かわいいや」の親は家中のふとんを総動員していたが、自分たちは冬でも薄い敷ふとん一枚で過ごしていた。その方が気持ち良いといっていた。

膝を悪くした母は、晩年はベッドに切り替えた。その横に、父は毎晩、自分でふとんを敷いていた。九二歳のある秋、ふとんの中から旅立つという大往生をするまで、上げ下ろしは苦にならなかったようだ。

四〇歳の半ば、私もふとんを愛用するようになった。

二度目のアメリカ生活で、またベッドの生活に戻った。初めは心地良かったが、私のマットレスはやがて体の形に合せて陥没し、背骨が痛み出した。重いマットレスをひっくり返しては使っていたが、すぐに元に戻る。ある日、客用に日本からもってきたふとんを、使っていない部屋に敷いて寝てみた。

なんという解放感か！　万歳してもヘッドボードに手がぶつからない。天井を高く感じる。横を向くとすぐ目の前に床がある。大地に包まれて寝ているような安心感があった。

以来、ずっとふとん派だ。しかも薄く、固い方が気持ち良い。掛けぶとんも、ふんわりと暖かい羽毛などはもっての他で、存在感のある合繊ふとんだ。

「寒い」と私が言うと、「涼しい」と訂正していた元気な父そっくりになってきた。大往生は自信がないが、ふとんの上げ下ろしだけは負けまいと決意している。

青春とくとく切符族

父は晩年まで、時刻表を操っては列車を乗り継ぐ旅の計画を楽しんでいた。九〇歳ちかくになっても、「青春とくとく切符」の愛好者で、娘たちから「お小遣い」をもらうとすぐに一人旅に出る。「青春とくとく切符」の利用者年齢制限は厳密でないようだ。

私は一度、夫と共に父の旅に付き合い、徹底した列車乗り継ぎ旅に呆れて、以後は父と旅した事はない。ただ、私自身も一人で、トクトク切符と時刻表をもって旅をした時に、同じ列車に「とくとく族」が何人もいるのに気づいた。彼らはさりげなく、小型の時刻表と切符をちらつかせて、仲間の一人だと見知らぬ同好の士に自分を「発」していた。そしてどこまで行く、或いはどこまで行った、という話を交わす。九州だったり、四国だったり、一万円でできる旅の極意をさりげなく見せながら、不思議な連帯感を示していた。父も若い人たちと、旅先で話をたのしんでいるのを見た。父は若い旅人たちと交流を楽しんでいた可能性がある、などと考えると嬉しくなる。

この冬、思いがけず父の昔の旅の様子を知った。

我が家のある集合住宅の、管理組合広報誌に記事を書きだし、土地の歴史を調べ始めた。その時に知り合った人と、情報を色々と交換している。稲毛と佐倉を結ぶ場所を、戦争中に軍の列車が通っていたと連絡が来る。今は幹線バス道路になっていて、私も自転車で利用している。

私が新京成線が著しくカーブしているのは、アメリカ軍の空爆を避けるためだそうだ、と父から聞いた受け入れ情報を書いたら、それはおかしいと返事があった。あれこれ調べている内に、父が書き残したエッセイや送ってきた資料を思い出した。

一度、昔の事を聞いたら、父は何を思ったのか、自分が見た二二六事件の事を克明に書いて送ってきた。好奇心溢れる若かった父のやった事に驚き、エッセイを褒めたら、父はせっせと思い出を書き綴ってくるようになったのだ。

受け取る度に目は通したが、通り一遍の読み方をしていた。

確か、列車の資料を送ってきた筈、と思い、ひとまとめにした父からの資料を見直した。

その中に、人車鉄道というのがあった。蒸気機関でもなく、電気でもなく、列車を動かすのは人の力、それが人車鉄道だ。

父はおそらく、十歳くらいの時に、そのトロッコの様な物に乗った。場所は熱海に行く途中の山の斜面だ。病気になり寝付き、熱海で転地療養をするようになった父親、私の祖父にあたる人を訪ねて行く時だった。

人が動かす列車があったなど、夢にも思わなかった。父はその時、工事中の丹那トンネルも見ているらしい。添えられていた人車鉄道の写真は、晩年に手に入れた物らしい。

資料を受け取った時に興味があったら詳しい事を聞けたのに、間に合わなかった。そのほかにも蒸気機関車やら、戦中戦後の飛行機について、かなり詳しく書いてあった。

父が乗ったという人車鉄道に驚きながら、図書館で借りた『千葉の鉄道　一世紀』(白土貞夫著)を読んだら、千葉にも人車鉄道があったとわかった。その一つは夷隅鉄道の一部になり、又他の物は醤油の町、野田のメインストリートを走っていた。消えてしまった線が多いが、明治、大正と発展してきた交通を知る楽しいひと時となった。記録を残してくれた父を想い、そこから広がって行く自分の興味を思い、様々な本を残してくれた人々に感謝し、考える事は、「書く」って素晴らしい。私の書く事は歴史とも関係のなさそうな身辺雑記が多いが、それでも誰かが喜び、或いは何らかの記録になるような物を残したい、と居ずまいを正す、ひと時となった。

一夜乞食

「甘えている」

思いがけない激しい言葉を聞き、普段は優しい父の顔をまじまじと見た。ボランティア元年と言われた関西大震災の後の事だった。テレビの画面には、ボランティアの助けがもっと必要と言う被災者たちが映し出されていた。

「私たちは何の助けも無く、自力で生きてきた。家さえ壊されて……一夜乞食になった」。被災者の苦労を思い、たしなめるつもりの私を遮って、父は言い切った。

胸を衝かれる思いがした。確かに子どもの頃から、祖母の「センサイ」の話を聞いて育ってきた。その中に戦争も末期の頃、ある日突然立ち退き命令が出て、新橋近くに有った家は壊され、今でいうホームレスになったという話も聞いていた。「クウシュウ」の延焼を防ぐという理由だったという。

しかし子どもだった私は戦災や空襲が何のことだか、よくわからなかった。焼夷弾が落ちてきた話や、近所のオクラに入れておいた物だけが残ったとか、疎開とか、いったい時系列がどうなっていたのか、詳しい事は今でもわからないままだ。

「補償は？」。大人になってから、一度、立ち退きについて聞いた。

「そんな物がある筈、無い」と憮然と言う父に、返す言葉も見つからなかった。

最近、「終戦直前の家屋取り壊し」について、思いがけない発見をした。我が住居のある千葉市稲毛区小中台町の高層住宅群の管理組合広報誌に、「散歩道」と題するエッセイを数年書いている。その記事の為に近くの図書館に出かけ、資料室で「小仲台850番地の歴史」という薄い本を見つけた。住所は我が家の近所、この辺りの歴史がわかると気楽に読みだした。間違いだった。且つて稲毛駅近くに戦災復興住宅として作られた地域全体が、「小仲台850番地」と呼ばれた街の歴史だった。その地で生まれ、七歳まで育ったという著者が、最近ここに戻り、過去を遡って調べた結果をA4版の本にまとめたものだった。内容の前半は軍都と呼ばれた千葉の歴史。陸軍防空学校があった町の歴史だ。

著者を訪問した。年代がちかく、子供時代の思い出は共通するものが多くて話が弾んだ。東京生まれの私が親の「立ち退き」の話をしたら、神保町で見つけたという資料を見せてくれた。「三五區・區分地圖帳」。戦災消失区部表示の中の、実際に取り壊された地域の地図だった。都の地図に残る程の大量の家屋が壊され、多くの町が消滅した。抗いがたい力に押しつぶされた人々の歴史。父もその中の一人だったのだ。思いがけないめぐり逢いに、語り継ぎ、記録に残す意味をしみじみと思った。

被服廠跡地にて

約束の時間までにまだだいぶ間がある。底冷えのする日だったが風はない。駅のホームから見えた寺らしい辺りを歩いて時間つぶしをしよう、と思った。

暮も押し詰まったその日、両国駅に行った。恒例の、夫とその友人との忘年会が国技館近くのちゃんこ鍋屋であって、それに参加する予定だった。昼間、都心で用事があった私は直接会場に行くことにしていた。早めに着いたので駅から案内図にあった安田邸をめざし、その裏手を歩いていくと寺の裏側の庭に出た。夕暮れの中で、中学生たちがたむろしている。ちょっと気後れしたが、銀杏の葉が散る中を屈託なさそうにサッカーボールを蹴っている。まあ大丈夫だろう、と歩を進める。

ちょっと変わった寺だなあ、と思った。寺の裏手に三重の塔があってその下は、石造りのずんぐりした建造物になっている。塔らしい軽やかさがない。近くに案内の看板があったのでうす暗がりの中で読む。旧被服廠跡地という名にドキッとした。ここが、祖母がよく話していた被服廠か……。

私が子供の頃、祖母はよくヒフクショウの話をした。シンサイやら、センサイの話もした。たくさんの人が家財道具と共に逃げて来て、やがて火が迫って大変な人死になったとか、火を逃れようとして川に飛び込んで、死体で川が埋まったとか。何度も何度も聞かされて、でも幼かった私には理解もできない話で、ああ、おばあちゃんがまた同じ話をしている、としか思わなかった。

説明を読み進むと、避難した人たちの家財道具に火がつき、思いもよらない大旋風が起こって、四万ちかくの人がここで命を落としたとあった。祖母はこの話をしていたのか、とようやく納得した。震災時の遺骨六万弱と、東京大空襲の遺骨十万強がここに納められているという。いたたまれない思いで寺の正面に廻った。

周囲はきれいに整備された公園で、花が植えられた噴水が明るい雰囲気を醸しだしている。ホッとしながら寺の正面に行ってみた。奥の方ははっきりと見えない。規模は大きいがごく普通の寺。ただ、中は広くて教会のように長い椅子がズラッと並んでいた。前の方に一人、年配の男性が座って一心に拝んでいる。二十一世紀になった今でも、死者の身内にとっては忘れがたいことなのだろうか。やがて五時になり、管理人がやってきて、参拝者を外に出して入り口を閉めた。

暗澹とした思いで、庭を一巡した。祖母は私に何を語りたかったのだろう。祖母や父は芝に住んでいたというから、両国と縁があったとは思えない。でも……。まるで見てきたように、荒れ狂う火や、遺体が浮かぶ川の話をしていたような気がする。

父の親族は、母の親族に較べると極端に数が少ない。

ふと、数年前の法事を思い出した。父の妹の連れ合い、おじの十三回忌だったか。それまで父母が参列していたが、父が亡くなり、母も出席できなくなって、初めて弟と共に出席したのだ。法事の後の供養の席で、ふと肝心なおじの親族が一人もいないのに気がついた。参列者はいつものようにおばといとこたち。それに彼らの連れ合いとその子どもたちだけだ。

「おばさん、おじさんのご親類は？」。私の何気ない質問を、おばは事の他喜んでくれた。いい事を聞いてくれた、めったに話すこともなかったけれど、おじさんは震災で身寄りの殆どを亡くしたのだ、と教えてくれた。お陰でいい法事になったと喜んでくれたが、その時、私はそういうこともあるのか、と思っただけだった。では、おじさんの親兄弟もこの塔の中？　それともどこに埋葬されているのかもわからないのか？

それから……父のいとこのお美代おばちゃん。小田原の養老院にいるが、見舞いに行く折に祖母の親族のよもやま話を聞くようになった。おばが子供の頃、おばあさんの寝物語に「井伊様や桜田門外の変の話を」という思い出話で、俄然興味を惹かれたのだ。話を聞くたびにメモをとって、家に帰ってからパソコンでまとめている。取り出してみると、おじいさんとおばあさん（旗本の娘、八重さま。私の祖母とお美代おばちゃんの母親の母親らしい）は関東大震災の時に行方不明（被服廠跡？）と書いてある！　そして昔の住所は「本所」とある。結婚前の祖母もその頃、両国近くに住んでいたのだろうか。

「あ、帰ってこなかった」。私の曽祖父に当たる人について聞いた時、おばは実にあっさりと言った。あの一言の裏に、どれほどの気持ちが込められていたのか。

私の祖母は、行方不明になった自分の両親の話をしていたのだろうか。

何もわからず、ただ被服廠の跡地だけを今頃になって知って、遅すぎた、遅すぎた、と思いながら園内を歩いた。祖母が川と言っていたのは隅田川のことだったのか。あそこに飛び込んで助かるはずもない。暗い気持ちで記念館の前を歩くと、オブジェのようなな物が並んでいる。説明を読むと、業火に焼かれた工場跡地から見つかった、溶解した印刷機の数々。金属をこのように溶かした火に焼きつくされた人たちを思うと、ああ、戦争も地震も二度とおこらないで欲しい、と焼けつくような思いに駆られ、すでに暗くなり始めた町を身震いしながら、忘年会場に向かって歩き出した。

過去帳

何年か前、エッセイを書いていてご先祖様の事を知りたいと思い、実家に電話をしたことがある。義妹が出たので、「『過去帳』みたいなもの、仏壇の所に有ったわよね？」と聞いてみた。

「無いんですよ、お義姉さん。お祖母さんのお葬式の時、お義父さん、泣いて、泣いて、思いだすものは何も置きたくないって言って、どんどん捨ててしまったんです」

という言葉が戻ってきた。思わず絶句した。

「ゾロッとした着物を着た女の人、数人の写真もあったような気がするけどなぁ」。

彼女の言葉ははかばかしくなかった。なにしろ彼女自身、結婚して日も浅い内に祖母は旅立った。まだ慣れていない婚家の葬儀で、義父が取り乱したように涙を流しながら祖母の持ち物を捨てまくるのを見ても、止めることはできなかったのだろう。後日、祖母が使っていたU字型ヘアピンが一本見つかったら、又、涙にくれていたとか。思いもよらぬ父の姿に唖然とした。

私は祖母の葬儀に出ていない。祖母が他界したのは一九七五年。過去に疎い私がなぜ覚えているかというと、その年、私は夫の転勤で初めて日本を離れ、NYに向かっていたからだ。当時、祖母は既に九〇歳を過ぎていて、いつも自室の布団で横になっていた。祖母の小さな部屋は居間の隣にあったから、且つては賑やかな場所だったが、孫たちは皆独立し、両親は共働きだったから、祖母は、昼間は一人きりだった。

私は日本を発つ前の日に祖母の所に挨拶に行った。祖母は三〇歳半ばで夫を見送り、気丈に夫の遺した家業を息子と守ってきた。己に厳しく、それ故に孫たちのしつけも厳しくて、私は子供の頃から祖母に、まるで戦いのように反抗をし続けてきた。

それでも祖母の厳しいしつけは世の中に出て、しみじみと有難く思うものだった。転勤で日本を離れたら、当時はおいそれとは帰国できない。その覚悟があったから、祖母に会いに行き、初めて祖母の手を握った。裁縫や家業、家事、長年働いてきた手だった。手をそっと握り、でも感情を表して泣くようなことをしない孫の私だった。

祖母も自分の年齢を思い、これが今生の別れと思って私の手を握ったのだろう。だが、やはり感情をまっすぐに表す事は無かった。

それなのに、父は泣いたのかと驚きはしたが、何となく納得はできた。父はともかく母親孝行だった。祖父は私の父が十歳くらいの時に亡くなったそうだ。それからの人生、祖母と父は力を合わせて家業を引き継ぎ、生きてきた。

あまり過去の事を話さない父が、一度ポツッと言った。着物の下絵師だった祖父は、腕は良かったそうだが癇性で、仕事を手伝う祖母と父を三尺差しでしじゅう叩いたそうだ。

母親を、自分を、叩く父親。母を思っても何もできなかった自分の不甲斐なさなど、想う事は多々あったのだろうが、父もさすがに仏壇は捨てなかった。

祖父の位牌があるかどうかは知らない。義妹に聞けばわかるのだけれど、逡巡している。そこまで知ってどうする。

結局、私は実家のご先祖様は祖母しか知らない。祖父の名前は知っているけど祖父母や、両親の戒名すら書きとめてもいない。興味が無いわけではなく、これは両親自身も忙しさにかまけて、子供たちにそういった教育をする機会もなかったせいか。十三回忌など、仏事はきちんと寺で行っていたが。

ただ、子供の頃から、毎朝ろうそくに火を灯し、お線香をあげ、お茶をあげていた。頂き物なども必ず仏壇に。子供の頃「のんのさま」と呼んでいた仏壇は身近なものだったのに、その中の事は気にもかけなかったなぁ、と我ながら憮然とした。

今でも両親の戒名など、必要な時は義妹に電話をする。彼女は愛媛の生まれで、ご実家では月命日など、家族全員で経をあげていたそうで、諸事万端、頼りになる。彼女を頼るのは姉も妹も同じようなもので、おそらく「過去帳」に想いを馳せる事も無いだろう。

親のしつけ、教育の結果か、と増々憮然とせざるを得ない。

ちなみに、曾祖母の事、祖母の事、父の仕事の事など、従妹が母親（私の父の妹）から聞いた事を詳細に書いてくれたものがあるので、祖父の事だけでも簡単に記しておく。

祖父は下絵師で三秀（三井秀四郎）と呼ばれ、粋な仕事をするので名が売れていた。伊勢幹、白木屋、三越などから仕事が入り、多忙を極めて後に病死。そこで仕事を手伝っていた祖母は、息子（私の父）が中学生になるのに、絵の先生、書の先生に教えを乞いに行かせ、仕事を継がせたそうだ。その頃の仕事で判っているのは、成田不動尊の幕を描いたこと。又、東劇の舞台の幕下絵もしたそうだ。そうしたことを、父は娘たちに何も話さなかった。昔話を全くのようにしない人だったので、我ら三姉妹と弟は、父の昔の事も、過去帳に名を連ねていた人たちのことも、全く知らずに育った。お父さん、昔の事、どうして語らなかったのだろう、と不思議な思いでいる。

自称「元虫愛ずる姫君」は父親似？

蜂が少ない。ダンゴ虫もあまり見かけない。どうしたのだろう？　畑を耕しながら、自称「元虫愛ずる姫君」はあれこれと考える。

暖冬だった今年の初め、畑のサヤエンドウはスクスクと育ち、白い花をたくさんつけた。しかし中々実がならなくて、ヤキモキさせられた。冬は暖かったのに、春先は寒い日が続いたから蜂があらわれないのか。それとも環境の激変で蜂が育つ場所が減ったのか。蜂が来てくれなければ豆も実らないし、この分では今年はイチゴの人工授粉も考えなければいけないか、と悩んだ。

土を柔らかくしてくれるミミズは消えてしまった。こちらの原因はハッキリしている。昨年モグラが出没したためだ。数年来、生ごみ肥料をふんだんに使っていたせいか、立派なミミズが沢山いた。しかし、縦横無尽に動き回るモグラには敵わなかった。

私が畑を楽しんでいる千葉市稲毛区の小中台界隈は、つい最近まであちこちの北斜面の林や放置された宅地が有った。しかし経済が上向いてきたのか家がどんどん建てられている。原っぱがめっきり少なくなった。環境の悪化が蜂や虫の減少の原因だろうか。

それにしても、蜂ってどこから来るのだろう。いつもいるものだと思っていたけれど、このあたりに養蜂家がいるとは思えない。手元の本で調べたら、ミツバチは生活力が旺盛で、木の「うろ」などに巣をつくるという。林を守ることを一人でやるのは難しそうだ。けれど　蜂の「ご馳走」を育てる努力ならできる。そう思って、一時クビにした花を復活させることにした。コバルトブルーの花が美しいワイルドセージだ。

友人の畑に咲いていたその花の力強い美しさに一目ぼれをした私は、頼み込んで苗を分けて貰った。夢中で慈しみ、本家よりも立派に育てた我がセージは周囲の賞賛の的となった。何よりも、蜂、特に熊ん蜂を惹きつけた。花を切る時は、ビュッという蜂の威嚇音に脅かされながらだった。

しかしセージは強い。気が付いた時には近くに植えてあったシャクヤクやギボシなどが負けて、気息奄々としていた。畑のかなりの部分がコバルトブルーに乗っ取られた。その年の秋、徹底的にセージを引き抜いた。四十五リットル入りの千葉市ゴミ袋何杯ものセージを捨てた。

畑を訪れる蜂の姿もめっきり減った。

セージは踏みつけられてもメゲズに姿を現す。いつも引き抜いていたけれど、今年は復活させる！　熊ん蜂、来い！

野菜用のスペースは次第に減り、畑の半分以上に花が咲いている。今咲いている物。バラ数種類、真紅、ピンク、白のカワラナデシコ。紫のラークスパー、オレンジ色のナスタチウム、黄色が主体のアルストロメリア、そのほかに一〇種以上の花……。

小さな蜂が飛び交いだした。でも、子供の頃から好きだったダンゴ虫が少ない。初めてここで畑を耕し始めた頃はあれほどいたのに。作物を食い荒らすダンゴ虫を、ごめん、って言いながらシャベルで叩き殺したりしてしまった……。作物を食い荒らしても、フンで土をやわらかくする、と知った今年、姿が見えない。嬉しかった事はミミズの復活。五月の初め、シャベルを入れたら、太りかえったミミズが一匹！　胴体は切断されたけど、でも両方が再生するというから、多分それで二匹。モグラに食べられても、卵は土の中で生き延びたのだろう。

小さな畑で繰り広げられる人間模様ならぬ、虫模様。アゲハのために植えたディルにはまだアゲハの幼虫が現れない。女郎蜘蛛も巣を張らない。アブラムシだけは嫌われても現れるけど、美しいイモムシや蜂はめっきり数が少なくなっている。

環境の悪化が原因かと思っていた矢先、北米で「集団の崩壊病」と呼ばれる、ミツバチの行方不明が起きている事を知った。

感染性の病気、農薬禍、ストレスなどの諸説が飛び交っているが、まだはっきりとはわからない。養蜂家はパニック状態だし、受粉を蜂に頼るアーモンドやリンゴの凶作も心配されているそうだ。

私の畑も似たようなもの？　日本のあちこちでも起きている？　「虫は嫌」って言う人はたくさんいる。でも、虫には虫の役割が有る。蜂にも。心地良い生活を求めて駆除している内に、どんなしっぺ返しが来ることか。薬を散布しすぎないで、自然を壊さないで、と叫びたくなる。

「皆、いなくなってしまった。アリさえいなくなった」

鉢植えの山椒の木につくアゲハの幼虫を大事に育てる父が、ある日言ったっけ。空襲で焼け野原になった跡地に建った高円寺の家の周りには、たくさんの虫たちがいた。その虫たちすべてがかき消えてしまったのを嘆いた、晩年の父の言葉。

今、大切にしなかったら、私も同じことを呟くようになる。そう思いながら土を耕す。

エピローグ

父の書き残したものをどうしよう?

散逸しないように封筒に入れたままのものを持て余した気持ちでいたが、長く通っているエッセイ教室でその話をしたら、講師の上坂先生が励まして下さり、ようやく私の三冊目の本の編集がスタートした。というと聞こえはよいが、先生がパソコンに入力してくださったUSBメモリを受け取った後の私の歩みは実に遅かった。

自分のエッセイをまとめるのは簡単だが、父とはいえ、他人のエッセイとの会話のようなものは難しい。そしてメールおしゃべりな私はエッセイの中で「返信」を暴走の如くに書き続け、休み、を繰り返していた。

夏ごろには出来上がっていた筈の本の「あとがき」を年を越えそうだが、ようやく書くところまでこぎつけた。先生の後押しを感謝します。

なぜこんなに遅れたのか、我ながら信じられないが、パソコンに向かっていない時でも、私は心の中で父の書き残したものを思い出しながら、父の来し方を思い、己の来し方を思い、おしゃべりを心の中でしていた。

本が出来上がったら、姉や妹、従妹も父と話をしている感じになるか？　楽しみだ。
原稿を渡したら、後は装丁をどうするか？　これも楽しみ。着物の下絵師だったという父の原稿、父が和綴じにしておいたから、その雰囲気を出したい。どこか小粋に、茜色で、とワクワクしながら考える。
さて、どんな本が出来上がるか。私の本を楽しんで下さる方が、少しでもいてくれたら、只、嬉しい。読んでいただいて、初めて本は生きるだろうから、自分の本の旅立ちの結果を秘かにワクワクしながら待ちわびる。

二〇二五年二月

著者紹介

田子《たご》　雅子《まさこ》

１９４４年東京生まれ。杉並区で育ち、現在は千葉市稲毛区在住。子供の頃の夢は「迷子になること」。

山岳部と化学部の部活に熱中して高校時代を過ごす。

結婚後、夫の転勤で、米国ＮＹ市、サウジアラビア、米国コネチカット州に住む。

見知らぬアメリカの大都会、見知らぬ灼熱の砂漠の中の住居、見知らぬアメリカの、冬は半年、雪と氷に閉ざされる街に住み、歩き回れたから思いがけずに子供の頃の夢をかなえた。これまでの経験をゆっくり、ゆっくりとエッセイに変えて、日々を過ごす。

『ニューヨーク右往左往』、『花・猫、本で理想の生活』を自費出版。これで終わりと思っていたが、父の遺したエッセイが契機で３冊目を出版出来て、ありがたいことだと親を偲んでいる。

○著　書

『ニューヨーク右往左往』２００４年９月北方新社刊

『花・猫・本で理想の生活』２０１３年６月北方新社刊

父と娘のいろいろ雑がき

発行日	2025年4月17日初版発行
著者	田子雅子
発行所	有限会社東京シューレ出版
	〒136－0072
	東京都江東区大島7－12－22－713
	TEL／FAX　03－3681－3209
装丁	高橋貞恩
DTP制作	イヌヲ企画
印刷／製本	モリモト印刷株式会社

定価はカバーに印刷してあります。

ISBN978－4－903192－40－6

C0095　¥1800